ばけもの好む中将　十一

秋草尽くし

瀬川貴次

集英社文庫

目次

これまでのあらすじ

　十二人の姉がいる以外は、ごく平凡な中流貴族の宗孝。御所に物の怪が出たという噂を確かめに行ったところで、怪異を愛する変人の名門貴族・宣能に出会い、彼と共に物の怪の正体を追うことに。

　結局、人の仕業とわかって落胆する宣能だったが、なぜか彼に気に入られてしまった宗孝は、それ以降も〈ばけもの好む中将〉宣能の不思議議めぐりに付き合わされることになる。都で起きる怪異を追う二人は、様々な身分の宗孝の姉たちや宣能の妹・初草も巻きこんだ事件にたびたび遭遇する。

　宣能は嫌っている父・右大臣に弱みを握られ、鬱憤がたまる日々。父の手先として暗躍する多情丸が乳母の仇だと知り、復讐の機会をうかがう。一方、神出鬼没な宗孝の十の姉も多情丸の一味と関係があるようで……。

人物相関図

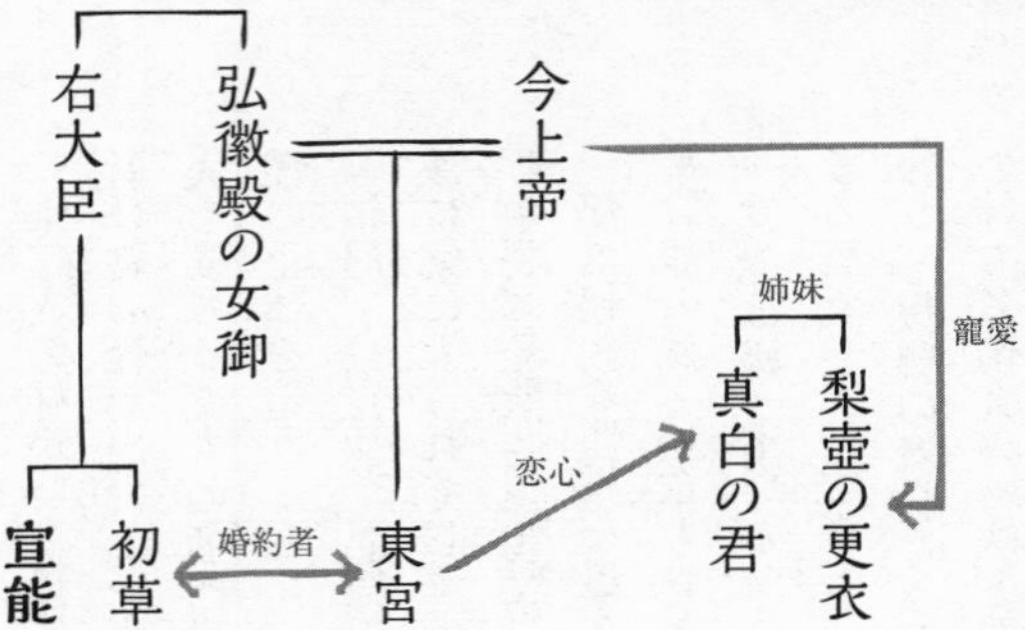

宗孝と姉たち

一の姉……人妻。宗孝の母より年上。

二の姉……尼僧。

三の姉……伊勢の斎宮に仕える女房。

四の姉……恋多き女性。

五の姉……学者の妻。発明好き。

六の姉……武士の妻。

七の姉……夫とともに地方在住。

八の姉……帝に見初められて入内。梨壺の更衣。

九の姉……初草に仕える女房。九重。

十の姉……家出中で神出鬼没。別名・十郎太。

十一の姉……梨壺の更衣に仕える女房。小宰相の君。

十二の姉……未婚。真白の君。

宗孝

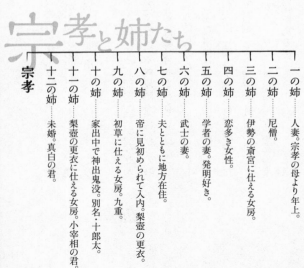

登場人物紹介

左《さ》近衛《このえの》中将《ちゅうじょう》宣能《のぶよし》

右大臣の嫡男。眉目秀麗で家柄も良く将来有望な貴公子なのに、怪異を愛しすぎている〈ばけもの好む中将〉。

右《う》兵衛《ひょうえの》佐《すけ》宗孝《むねたか》

中流貴族の青年。十二人の姉がいる。宣能になぜか気に入られ、ともに怪異めぐりをしている。

東宮《とうぐう》

別名・春若。真白が好き。

初草《はつくさ》

宣能の異母妹で、共感覚《シナスタジア》を持つ少女。未来の東宮妃だが、東宮が苦手。

右大臣《うだいじん》

宣能と初草の父。冷酷。当代一の権力者で、多情丸らを手先として使っている。

多情丸《たじょうまる》

都の暗部を牛耳る。

狗王《くおう》

多情丸の手下。

ばけもの好む中将　十一　秋草尽くし

竜胆《りんどう》の章

まだ明るいうちだというのに、草むらにひそむ虫たちは早々と鳴き始め、初秋の雰囲気を盛り立てていた。草木のほうも季節の変遷に応じ、萩《はぎ》、葛《くず》、桔梗《ききょう》といった秋草が可憐《かれん》に花を咲《か》かせている。そのいくつかは、庭のあるじが野でみつけて植え換えたものだった。

おのれひとりのための小さな家。その小さな庭を見廻《みまわ》し、陰陽師《おんみようじ》の歳明《としあきら》は満足そうに目を細めた。

華々しい宮廷陰陽師とは違い、彼は市井《しせい》での細かな仕事を請け負う民間陰陽師だった。当然、稼ぎもそれなりで、まとっているのは質素な狩衣《かりぎぬ》と立烏帽子《たてえぼし》。容姿もごく普通で、正直、パッとしない。

弱気なところも影響し、妻も子もいないまま、三十路《みそじ》を迎えてしまった。これからも、よその夫婦間の悩み相談だの、安産祈願だのといった仕事を請け負いつつ、この狭い家で代わり映えのしない日々を送っていくのだろうなと、歳明自身もとうに達観している。

そのこと自体に不満はない。陰陽師の仕事の傍ら、庭の草木の手入れに励み、今年の萩は色づきがきれいだなと、そんなことに幸せを噛《か》みしめているだけで充分だった。伝説にもなり得るような大陰陽師とはわけが違うのだ。わざわざ怪異を追い求めて夜の都をさまよったり、荒っぽい連中の興味をひくような真似《まね》をして命を危険にさらしたりなど、そんな冒険は最初《はな》から望んでいない。

だったのに——

いつの間にか、低い垣根のむこう側に男がふたり立ち、こちらの様子をうかがっていた。一方は背がひょろりと高くて面長、もう一方は小柄で丸顔といった、対照的な男たちだ。

彼らの顔に見おぼえのあった歳明は、うっと息を呑《の》んだ。平穏を愛する彼にとっては、嬉《うれ》しくない訪問者だ。都の暗部を牛耳る多情丸《たじょうまる》——その右腕たる狗王《くおう》に使われている小者たちだったのである。

歳明は手もとの萩の花に視線を向け、気づかなかったふりをしようとした。が、男たちは招かれもしないのに庭にずかずかと踏みこんでくる。

「陰陽師の歳明だな」

面長のほうが、精いっぱいの威厳をこめて訊《き》いてくる。丸顔も愛嬌《あいきょう》のある顔をしかめて、厳《いか》めしく見せる努力をしている。それでも、どちらも貧相には違いない。

目の前の小者ふたりではなく、彼らの背後にいる狗王や多情丸をおそれて、歳明は必死に笑顔を取り繕った。

「はいはい、祈禱《きとう》のご依頼でしょうか。このところ、朝夕が涼しくなってきたせいか、悪い風病《かぜ》がぽつぽつと流行《はや》り始めておりますからね。早め早めの厄よけこそ肝要かと……」

「そうではない。おまえに問いたいことがあると、お頭《かしら》がお呼びだ」

たちまち歳明の笑顔が凍りついた。

「お、お頭？　狗王さまではなく？」

同情の表情を垣間見《かいまみ》せてから、面長はうなずいた。

「ああ、多情丸さまだ」

最悪だ、と歳明は心の中でうめいた。狗王も得体の知れないところのある男だが、無体なことはしない分、頭目の多情丸よりはまだましだと秘《ひそ》かに思っていたのだ。

この平安の都の暗部を牛耳り、裏の稼業一切をとりしきっている多情丸――その評判は芳《かんば》しくない。弱い者には無理を迫り、強い者をも力尽《ちからず》くでねじ伏せ従わせる。数年前に先代のお頭・黒龍王《こくりゆうおう》が病没し、多情丸がその後任となってから、よい話はほとんど聞かない。それだけ無体なことをしていても、上流貴族とも通じているがために、都の警察機関である検非違使《けびいし》ですら、おいそれと手は出せず、誰も多情丸を止められないのだ。

丸顔が、教え諭すように歳明に言った。

「おとなしくついてきたほうが身のためだぞ。多情丸さまを怒らせても、なんの得もありはしないからな」

「は、はい……」

彼らの言う通りだ、ここで抗《あらが》っても仕方がないと早々にあきらめ、歳明は渋々ながら、ふたりについていくことした。

垣根を越えていく際に振り返ると、庭の秋草たちは歳明との別れを惜しむように揺れていた。よしてくれよ、今生の別れでもあるまいし、と苦笑しつつも、ひょっとしてそうなるのかも、との懸念が消えない。

「おい、ぐずぐずするな」

「そうだぞ、早く来い」

「はいはい」

秋草の庭を出て、不吉な予感に震える歳明が、市場に牽《ひ》かれていく牛の心地で連れて行かれたのは、右京のさびれた区画に建つ荒れ寺だった。

平安京は東側を左京、西側を右京と呼ぶ。右京は湿地が多いがために宅地に適さず、すたれていく一方。

ただでさえ、そんな、ひと気の少ない陰気な場所だ。かつてはそれなりに立派な寺院だったろうにもはや荒れ果て、簀子縁《すのこえん》（外に張り出した渡廊）の折れた勾欄《こうらん》（手すり）やひび割れた板戸が、昼でもおどろおどろしげな雰囲気を盛り立てている。しかも、ここを根城にしているのは、あの多情丸だ。気持ちが明るくなる要素など、どこにもない。

現に、寺のあちこちに荒っぽそうな連中が居すわり、酒や博打《ばくち》に興じていた。

引っ立てられていく歳明を、荒くれ者どもはげらげらと下卑た笑いを響かせながら、面白そうに見ている。ここは鬼どもの集う地獄だったかと、歳明は震えた。

自分がもっと優秀な陰陽師であったなら、使い魔である式神《しきがみ》をすぐさま呼び寄せ、こんな荒れ寺など一瞬で崩壊させてやるのに。多情丸もその手下たちも式神の一撃でねじ伏せ、

「まさか、これほどの力を持った陰陽師であったとは。あの伝説の陰陽師、安倍晴明《あべのせいめい》に勝るとも劣りませぬ。どうかどうか、命ばかりはお助けを」

と泣きわめかせてやったのに……と思えど、実際のところ、歳明のほうが泣きそうになっていた。

「泣くな、辛気くさい」

「おお、こっちまで泣きたくなるぞ」

ぶつくさと文句を垂れながら、面長と丸顔は歳明を荒れ寺のさらなる奥へと連れて行った。

奥の一室では、多情丸が畳の上にあぐらをかき、三十路ほどの女に酌をさせて、真っ昼間から酒を飲んでいた。女はきっと、多情丸の情婦なのだろう。尼であるかのように

髪は尼削《あまそ》ぎ——肩先までしかないが、流し目が妙に色っぽく、歳明は彼女と瞬間、視線が合っただけでドキリとした。

が、女は歳明を見たのではなく、その背後に遅れてゆらりと現れた、直垂《ひたたれ》姿の鷲鼻《わしばな》の男——狗王を見やったのだった。それも憎々しげに眉をひそめて。

「ご命令の通り、陰陽師の歳明を連れてまいりました」

簡潔に、狗王が告げる。彼に背後に立たれただけで、歳明はもはや自分の逃げ道が完全に断たれたことを思い知った。

狗王はもともと、先代の頭目である黒龍王に仕えていた。黒龍王が病没してからは、新しい頭目となった多情丸に引き続き仕えた。まさしく狗《いぬ》のように忠実な下僕となり、多情丸の命じるままに動いている。手下のふたりだけなら、まだ逃げ出す機会もあったろうが（実際はそんな機会などなかったのだが）、狗王が出てきたのなら完全に万事休すだ。

絶望にぐったりとうなだれた歳明を、多情丸は冷徹な目でみつめる。歳《とし》は四十のなかばほど。右目の下には似合わぬ小さな泣きぼくろがあるが、その程度では眼光の鋭さも軽減はしない。

「顔が見えんな」

丸顔のほうが「ほら、顔を上げて多情丸さまによくよく見ていただけ」と歳明をせっつく。すっかり観念した歳明は、半泣きになりながら、やむなく顔を上げた。

多情丸は眼光鋭く歳明を睨《にら》みつけ――

「馬鹿めが」と、吐き捨てるように言った。

「十郎太《じゅうろうた》といっしょにいたのはこやつではないぞ」

えっ、と小者たちがそろって声をあげる。

「で、ですが、陰陽師の歳明は、確かにこやつで」

「兵太《ひょうた》なる男が生前、こやつの家を訪ね、一筆書かせていたのは間違いないかと」

面長と丸顔が、自分たちには落ち度がないことをなんとか伝えようとする。が、多情丸は迷わず首を横に振った。

「いや、わしが見たのはもっと若い男だった。十八、九くらいで、市井の陰陽師にしては擦れたところもなさげな……。そう、市井の者には見えなかったな」

多情丸は濃い眉毛をぐっと中央に寄せ、もとから厳めしい顔をさらに険しくさせた。

それだけで、小者のふたりは押し黙ってしまう。狗王は無表情なまま、あえて口を挟まない。

多情丸は腰を上げると、一歩前に踏み出し、歳明に顔を近づけた。

「おい、陰陽師」

「は、はい」

「実はな、わしはもう何年も前から、ある人物を捜している。なかなか居所がわからず、もはや都を離れ、遠国に去ったに違うまいとさえ思っていた。ところがな、そうではなく、まだ都にいると、ついこの頃、ようやく知れたのだ」

「は、はあ……」

「その相手が陰陽師の歳明といっしょにいた」

「わ、わたしと？」

多情丸はゆっくりと首を横に振った。

「わしが見たのはおまえではなかった。もっと若く、品のある風貌だった」

「はい。わたしは若くもなく、品もありません」

歳明は大真面目《おおまじめ》に言い切った。女がくすっと笑う。が、多情丸は笑わなかった。

「心当たりはないか。陰陽師・歳明のふりをしていた若造に」

心当たりなら、あった。かの御仁のことをこんな刃物のごとく危うい男に教えるものかと、強く思ってもいた。

が、その一方で、多情丸の眼光に射すくめられ、歳明はそれこそ蛇に睨まれた蛙《かえる》同然に固まっていた。身体《からだ》の自由はもはや利かない。身体ばかりか思考も働かない。言うな言うなと頭では思いつつ、言わねば殺されかねないとの恐怖が彼を圧倒する。そしてついに、

「……右兵衛佐《うひようえのすけ》さまです」

脂汗をこめかみに滴らせながら、歳明は宗孝《むねたか》の官職名を口にした。

「右兵衛佐？　貴族か。なぜ、そんな男が？」

歳明は弱々しくかぶりを振った。

「さて、理由までは……」

「では死ね」

非情に言い捨て、多情丸は傍らに置かれていた太刀《たち》に手をのばした。歳明はあわてて、悲鳴のような声で訴えた。

「か、賀茂川《かもがわ》の河原《かわら》で、傷を負って倒れていた男をみつけたのだそうです」

太刀にのびかけていた多情丸の手が止まる。歳明は安堵《あんど》の息をつきつつ、先を続けた。

「そ、その男は、陰陽師を訪ねるように告げて息絶えたとかで、ひとの好《よ》い右兵衛佐さまは馬鹿正直にわたしのもとにやって来て、死んだ男にこれこれこう頼まれたと――」

命惜しさに早口ですべてを白状する。虚偽を混ぜたり、駆け引きをする余裕はありもしなかった。

「わたしは、たまたま、たまたま兵太から書状を預かっていて。あ、兵太とは、賀茂川で死んだ男の名なのですが、やつは、託した書状を、畏《おそ》れ多くも右大臣さまに届けるようにと遺言を。ですが、わたしにはそんな、右大臣さまに繋《つな》がるような伝手《つて》もなく、ひたすら、ひたすら困惑しておりましたところ、なんともありがたいことに右兵衛佐さまがご協力を申し出てくださって――」

多情丸が餓狼《がろう》のごときうなり声で問うた。

「だが、その書状は右大臣さまのもとに届く前に失われた。そうだな」

失われたも何も、多情丸が破り捨てたのだ。しかし、歳明はそんな指摘などはせず、すぐさま「はい、その通りでございます」と多情丸の弁を強く肯定した。

「書状も失われましたゆえ、わたしはもう過ぎたことと、すっかりしっかり忘れ果てておりました。死んだ男には、なんの義理もありませぬゆえ」

身の安全を図るために忘れるようにした、というほうが正しかろう。そのあたりの心情も含め、歳明が真実を語っていることは、多情丸にも十二分に伝わったようだった。

多情丸はにやりと凶悪な笑みを浮かべた。

「そうか。さすが、陰陽師ともなれば賢いな。身の処しかたをよく知っている。ついでに訊くが、兵太が右大臣さまにぜひとも伝えたかったこととは何か、おまえは知っているか?」

「いえ、いいえ!」

歳明は声を裏返らせ、全力で否定した。

「わたしは、ただただ書状を預かっただけで、何と書いてあったかは、まるで、一向に、全然」

大嘘《うそ》だった。読み書きができない兵太に代わって筆を握り、多情丸の過去の悪事を文《ふみ》にしたためたのは、他でもない歳明本人である。書いた内容を知らないわけがない。多情丸は先代の頭・黒龍王の配下になる前は、ひと殺しも厭《いと》わぬ凶賊で、その過去を仲間に押しつけ知らぬ顔をしている。その事実をつぶさにあばき、かような男と通じていると世間に知れたら大ごとではありませぬか、と告発した文。

これを右大臣に届けてくれと頼まれたものの、一介の民間陰陽師でしかない歳明にはそんな伝手もない。右兵衛佐宗孝がその役を買って出てくれたが、それでもなかなか右大臣と接触できず、すったもんだの末に文は失われ、兵太の遺言は果たされず終《じま》いとなった。

死んだ兵太に申し訳ない。と思うほど、歳明はおひと好しでもなかった。命が助かっただけでもめっけ物なのだ。もはや、この件にはかかわりたくない。なんとか、はぐらかさなくては――と歳明はやっきになって頭をめぐらせた。

そんな歳明を嘲笑《あざわら》うように、多情丸は再び太刀に手をのばそうとする。もはや、ここまでか、と歳明が観念しかけたそのとき、

「お待ちください、お頭」

それまで沈黙を守っていた狗王が、穏やかな口調で告げた。

「その男、まだ使い道はありましょう。それこそ、右兵衛佐なる男をおびき寄せる餌にするとか」

「おびき寄せる？」

「ええ。その右兵衛佐こそ、問題の書状を読んでいるやもしれません。そこを確かめる必要がありますし、陰陽師ならば他にもいろいろと使い道はありましょう。いまここで打ち捨てるには、いささか惜しい道具かと」

道具呼ばわりされていながら、歳明は激しく何度もうなずいた。多情丸は狗王と歳明を見比べ、ふむと鼻を鳴らして太刀から手を引いた。

「そうか。おまえは本当に賢い狗だな」

くつくつと多情丸は満足そうに笑った。そこに軽い侮蔑が混じっているのが露骨であっても、狗王は眉ひとつ動かさない。

「では、狗王、陰陽師はおまえに任せよう。そして、その右兵衛佐とやらの子細を調べ、わしに逐一、報告せよ」

はい、と狗王が殊勝に応える。命拾いした歳明は、はあと大きく息を吐いた。

多情丸はどかりと畳にすわり直し、太刀ではなく盃《さかずき》を手に取った。その盃に、髪の短い女が改めて酒を注《つ》ぐ。とくとくと濁り酒が鳴る音を聞きながら、自分も一杯いただきたいものだと歳明は強く願ったが、そんな虫のいいことを言える立場でもなかった。

「それから――狗王」

歳明の存在などもう眼中になくなったかのように、多情丸は狗王に問うた。

「十郎太の行方はまだわからぬか」

「それも含めて手下に探らせております」

狗王の手下たちが、ふたりそろって首をすくめる。彼らを見やった多情丸は鼻でせせら笑ってから、

「早くしろよ」

低い声で脅しをかけた。彼を長く待たせたらどんな目に遭うか、それが容易に想像できるような口調だった。面長と丸顔は青い顔で震えあがったが、狗王は何も口を挟まなかった。

その日の夕刻、右兵衛佐宗孝は左近衛中将宣能《さこのえのちゅうじょうのぶよし》とともに平安京の某所へと向かっていた。

昼間はまだ汗ばむこともあるが、この時刻ともなれば風が涼しくなり、秋の訪れを感じさせるようになってきた。まして、今日は日中ずっと陽《ひ》が差さないままだった。いまも頭上には灰色の雲が一面広がっていて、肌寒くさえある。そのせいだろう、道の脇の

草むらで鳴く虫の声も弱々しげだ。

「もしかしたら雨が降るやもしれませんね……」

宗孝は曇天を見上げて不安そうにつぶやき、彼と並んで歩いている宣能の整った横顔を見やった。

すらりと上背がある直衣《のうし》姿。この国では月の神は男だとされているが、まさしく月神が地上に舞い降りてきたような、透き通るような端麗さをまとっている。宗孝をみつめ返してきた切れ長の瞳も、深い黒を宿して神秘的でさえあった。

「雨？　そうしたら、やむまでどこかでしのげばいいだけだとも。むしろ、そうやって思わぬ場所で夜を過ごしてこそ、待望の出逢《であ》いがめぐってくるかもしれないよ」

返してきた声は、耳に心地よい低音。色白で美麗でありながら、弱々しさなどは微塵《みじん》も感じさせない。彼となら、雨に降り籠められて、どこかの寂しい空き家などでひと晩を過ごす羽目になったとしても怖くはないような……。

いや、そんなことはないか、と宗孝は心の中で哀《かな》しく否定した。

（中将さまのおっしゃる〈待望の出逢い〉とは、世のひとびとが思い描くようなものではないからな……）

なにしろ、宣能は〈ばけもの好む中将〉などと呼ばれる変わり者。平安の御代《みよ》の貴族ならば、夜の闇を、妖怪変化をおそれ、吉凶を過剰に気にして僧侶や陰陽師の祈禱に頼るのが普通なのに、自ら物の怪《もののけ》との遭遇を望んで夜歩きに出るような御仁なのだ。

そんな彼が望む出逢いとは、美女との縁ではなく、怪異との遭遇に他ならない。

月神のごとく麗しく、近衛中将という立派な職務に就き、父親は時の権力者たる右大臣。容姿にも家柄にも恵まれていながら、そんな奇妙な嗜好《しこう》に染まっておいでとは、なんともったいない――と宗孝は常々思っていた。

しかも、その怪異探しの夜歩きに宗孝自身が連れ廻されている。彼のほうは真っ当に物の怪を怖がっているのだから、迷惑この上ない。

しかし、「上つかたのお気に入りになれば出世は間違いなし。がんばっていってらっしゃい」と異母姉に送り出されて、断るに断れない立場だ。最近では、誘われなければそれはそれで寂しいとも感じるようになり――かくして、宗孝は今宵《こよい》もおっかなびっくり宣能についていくしかなかった。

「それで、今宵の怪異は？」

「うん。今宵、われらが追う怪異は光り物――『戦慄《せんりつ》！　闇を漂う怪しい光は果して亡者の魂か!?』だよ」

宣能は高らかに言い放ったが、宗孝は渋い表情が浮かんでくるのを抑えることができなかった。

「光り物ですか……。いつだったか、似たような怪異を追いましたよね」

宣能は前を見据えたまま、首を傾《かし》げた。

「そうだったかな?」

「ええ。お忘れですか? わたしの四番目の異母姉のところに、化け蛍かとみまごうような大きな光の玉が現れた件を。あれも光り物といえば光り物ですよね。しかも、ひとが作った贋《にせ》ものの怪異でした」

宣能は怒るでもなく、宗孝ににっこりと微笑《ほほえ》みかけて言った。

「そういうこともあるとも」

「いつもいつも、そういうことばかりですよ」

怪異を求めて飽かず夜歩きをしているにもかかわらず、宣能たちはいまだに本物の怪に遭遇できていなかった。大抵が見間違い、勘違い、単純に自然のなせるわざ。ひどいときには、怪異を装う人間の仕業であったりもした。

それでも、宣能は懲りずに怪異を追い続ける。宗孝もそれに始終付き合わされている。不足など何もないように見えた貴公子が怪異を追うのは、妹の初草《はつくさ》の君を思いやってのことではないのかと、宗孝は最初の頃、想像していた。

宣能の妹、初草は、東宮《とうぐう》(皇太子)の妃《きさき》になることが生まれながらに定められた深窓の姫君だ。そんな恵まれた境遇にありながら、彼女は読み書きができないといった障害を抱えていた。ただの墨文字が色がついているように見え、そればかりか動いているようにも見えてしまい、文字として認識できないのである。

そのように、文字や音などを通常とは異なる形で認識する現象を、千年のちの世では〈共感覚《シナスタジア》〉と称する。それは脳の機能に由来するもので、精神の病ではなく、知能とも関連がない。

とはいえ、それを宗孝たちの時代において理解するのは難しい。〈共感覚〉に合わせて〈識字障害《ディスレクシア》〉も引き起こしているとなれば、なおさらだ。いまはまだ生家の奥で大事大事に守られているため、このことは世に知られていないが、いずれ東宮妃ともなれば秘しておくのも難しくなろう。単に文字の読めない愚かな娘として、侮られるのは目に見えている。

そんな妹のために、「ほかの者と多少違っているからといって萎縮することはない。世の中には不思議が満ちあふれているのだから」と宣能は教えたくて、だから物の怪探しを続けているのではないかと——

つまり、これは単なる奇矯な嗜好の発露ではなく、妹君のことを想《おも》っての行動なのだ、それならば付き合う意味もあると、宗孝は思った。

ただし、そればかりではなく、宣能自身にも怪異探しの理由はあった。俗世の憂さを忘れるために、世俗を超越した怪異を彼は必要としていたのだ。

それこそ、遠くの月を眺めるように、求めても得られぬ高貴な女性《にょしょう》に恋い焦がれるように、ひたむきに怪を追っていれば忘れられる。名門の家に生まれた重圧も。父親との確執も。幼少期、愛《いと》しんでくれた乳母《めのと》を目の前で盗賊に殺された心の傷の痛みも。

が——宣能はいま、乳母を殺した憎い仇《かたき》をみつけてしまった。

都の闇に暗躍し、後ろ暗いことを一手に担う集団の頭目、多情丸だ。

多情丸は宣能の父親の右大臣と手を組み、彼の政敵を追い落とすことに、裏から手を貸してもいた。宣能は実父によって、将来的にはおまえ自身がこの男を使うようになるだろうと、多情丸に引き合わされたのだ。

彼こそが乳母を殺した泣きぼくろの凶賊だと、宣能はすぐに気づいた。だが、そのことは父親にも秘めた。邪魔をされたくないと考えてのことだという。いずれ乳母の仇をとるために、いまは多情丸の隙をうかがっているのだと。

そんな危険なことをさせるくらいなら、まだ物の怪を追っていてくれたほうがましだったかもしれない——

そう感じて、宗孝はため息をついた。その吐息をどう誤解したのか、

「何度も夜歩きを重ねているのに、きみはいまだに慣れないようだね」

と、どこか嬉しそうに宣能は言った。

「それでも、こうしてついてきてくれる。本当にきみは優しい。それとも、権力者の息子に無理強いされて渋々？」

唐突に向けられた皮肉混じりの問いに対し、

「中将さまが心配だからですよ」

一片の嘘もなく、宗孝は即答した。宣能は驚いたように一瞬、目を大きく見開いた。不躾《ぶしつけ》であったろうか。そんな危惧が宗孝の頭をかすめはした。が、ままよとばかりに言いたかったこと、訊くに訊けなかったことを思い切って口に出す。

「でも、こうしてみると、探してもなかなか見出《みいだ》せない物の怪のほうが、まだ害がなかったかもしれません」

「うん？　なんのことだい？」

宣能は歩きながら軽く首を傾げた。はぐらかそうとしている――そう感じた宗孝は、ぐっと拳を握りしめて強い口調で言った。

「多情丸のことですよ。本気なのでしょうか。やつを粛清するために隙をうかがっておいでだと、この間――」

途端に宣能の目がすっと細められた。その目にみつめられ、熱くなりかけていた宗孝は、死霊《しりよう》の冷たい手に急にうなじを触られたような心地に見舞われ、息を呑んだ。

怪異を求めてうきうきと、少年のようにはしゃいでいた宣能が、一転、切れ長の目に感情のない色を浮かべている。その姿は彼の父親――朝廷で権勢をふるう現職の右大臣を彷彿《ほうふつ》とさせた。

「そんな無粋な話はしたくないな」

「あっ、はい……」

言いたいことをやっと言おうとしていたのに宣能に気圧《けお》され、宗孝は下を向いてしまった。そのまま口をつぐんで歩き続ける。宣能もそれ以上は言わずに道を急ぐ。そびやかした肩の線は、先ほどよりわずかながら硬くなっている。

風が少しずつ強くなり始めていた。曇った空の低いところを、切れ切れの雲が存外に速く流れていく。夜が迫る速度も、雲につられて早まっているような印象さえあった。

加えて、周辺からは民家の数が目に見えて少なくなっていく。このまま進んでいけば、ひと気のない道の先で本当に光り物に遭遇しそうな厭《いや》な予感がして、宗孝はますます落ち着かなくなった。

（いやいや、いままでの経験からしても怪異などとはそう簡単に出逢えるものではないはず。それに、いたずらに怖がるのではなく真摯に接してみようと決めたはずではなかったか。そういえば、賢い五の姉上が、世の中には燃える息吹を地中より噴き出す不思議な場所もあるとか言っていたような。人魂《ひとだま》と呼ばれるものの正体は案外、それではないのかと。だとしても、燃える息吹とはなんなのか、さっぱりなのだが、姉上が言うのなら物の怪とは違うのだろうし……）

精いっぱいの理屈を頭の中であげていく一方、魑魅《ちみ》魍魎《もうりょう》の類《たぐ》いをうっかり目撃しないように、脇見はせずに視線を前方に固定させる。並んで歩いていたはずの宣能は、いつの間にか宗孝の少し先を行っていた。何も言われずとも、直衣に包まれた相手の背中が不機嫌そうに見えて、宗孝は哀しい気持ちになった。

心配なのに。物の怪にしろ、多情丸にしろ、そんな怪しげなモノにかかわって欲しくないのに。けれど、宣能は宗孝の忠告など聞いてはくれない。

それは仕方のないことかもしれない。

宣能にとって、宗孝は所詮ただの従者代わり。年齢も身分も器量も能力も格下の、とるに足りない相手と思われているのだろう。そうでなければ、多情丸の件をもっと早く打ち明けてくれたに違いないのだ――

宗孝はおのれでおのれを追いこみ、哀しい気持ちに拍車をかけていった。彼が落ちこんでいくといっしょに周囲も次第に暗くなり、宵の風もますます強くなっていく。

本当に雨が降るかもしれないと、風に吹かれながら宗孝は思った。それならば、天候の変化を理由に帰宅を促すことができる。宣能はどこかで雨宿りをしたいと言い出すだろうが、そこは押し切るしかない。

降るなら早く降ってくれと願って、夜空を見上げる。雲のむこうに月が出て、ぼんやりとした光を地上に投げかけてはくれていた。が、この程度の明かりではどうにも心《こころ》許《もと》ない。

「どうも天候が……」

言いかけ、宗孝はふと口をつぐんだ。行く手に、低い塀に囲まれた家が見えたのだが、その光景に彼は既視感をおぼえたのだ。

「あの家はどこかで……」

思ったことがそのまま口をついて出る。宗孝のつぶやきを聞いて宣能が言った。

「おぼえているよ。以前に来た家だね」

歩いているうちに機嫌を直してくれたのか、しっとりと優しい、いつもの口調だった。宗孝は心の底からホッとするとともに、既視感の理由を得て、あっと声を出した。

「そういえば――」

あれは数ヶ月前の夏の初め。宗孝は宣能とともに『恐怖！　廃屋の庭にたたずむ白い影！』なる怪異を求めて、洛中《らくちゅう》のとある廃屋へと足を踏み入れた。そこで、本当に白い人影を宗孝だけが目撃してしまったのだ。

宗孝はおそれおののいたが、実際にはそれは彼の記憶の残像――昔、そこで目にした光景が、現実の光景と混ざり合って脳裏に浮かんだ、いわば視覚の誤作動に過ぎなかった。

その廃屋にはかつて、宗孝の十番目の異母姉が家族と暮らしており、幼い頃に、宗孝は父とともにそこを訪れたことがあったのだ。そして、十の姉の祖父と大きな藤の木の下で言葉を交わした。会話の内容まではおぼえていない。そもそも、このこと自体、長いこと忘れていた……。

「このあたりに光り物が出るのですか？」

いまは誰も住んでいないとはいえ、身内の生家の近くに怪異が発生したと聞いて、いい心地はしない。気になって尋ねた宗孝に、宣能が答える。

「いや、わたしが聞いた場所はもっと先だったよ」

そうでしたかと、宗孝は安堵混じりの吐息をついた。

その直後だった。

後方から一陣の風が吹き、ふたりの装束の袖を激しくはためかせた。鬢《びん》の毛が乱れて頬を打つ。烏帽子が吹き飛ばされそうになり、ふたりとも急いで手で押さえる。

続けて、ざんっ、と鳥の羽ばたきにも似た音が頭上から響いた。彼らが反射的に見上げた先には、一枚の薄い衣がふわふわと宙に浮かびあがっていた。

どこかの軒先から洗濯物が風に飛ばされてきたのだろうか。風をはらんで大きく広がったその様相は、まるで衣が命を得て、おのれの意思で飛んでいるようにも見えた。

あなや、と恐怖のつぶやきを洩《も》らして、宗孝は頭上の飛翔《ひしょう》物《ぶつ》から目を背けた。しかし、宣能は彼とは逆に歓喜の声を放つ。

「ついに出たぞ」

「ええっ?」

宗孝は思わず驚嘆の声をあげた。

「出たとは、もしや」

「もしやも何も、怪異に決まっているではないか」

ええ、訊くまでもありませんでしたねと心の中では思いつつ、ささやかながら抵抗を試みる。

「でも、あの、このあたりに出るのは光り物だったのでは……」

「細かいことは気にするな。怪異に貴賤《きせん》はないのだから」

そういうことを問うたのではなかったが、こうもきっぱりと言われてしまっては、「わかりました」としか返答できない。その間にも空飛ぶ衣は風に乗り、すうっと飛翔していく。このまま飛び去らせてやればいいものを、

「追うぞ、右兵衛佐」

宣能は嬉々《きき》として走り出した。そうなると、宗孝も追わないわけにはいかない。

物の怪なのか、ただの洗濯物なのか、衣は滑るように宙を漂い、道沿いに建つ廃屋――十の姉の実家の塀を越えていった。そこがすでに無人の邸《やしき》であることを知っている宗孝たちは、なんの遠慮もなく低い塀を乗り越え、敷地内へと侵入する。

家屋のほうは数ヶ月前と同様、ひどく荒れていた。屋根は崩れ、蔀戸《しとみど》は落ち、ひとの

わ大きな藤の木だ。
気配はまったくない。ただ、前とは明らかに異なる点がひとつ。庭に枝を張る、ひときわ大きな藤の木だ。

前に訪れたとき、藤はちょうど花の盛りを迎えていた。しかも珍しい八重咲きの藤で、密集した花びらは葡萄《ぶどう》のような濃い紫色に染まっていたのだ。

季節は移ろい、花は散ったとはいえ、代わりに緑の葉を旺盛に茂らせて、樹勢に衰えは見えない。その藤の高い梢《こずえ》に、例の衣がふわりとかかった。裾が風に小さくなびいてはいたが、そこから動く気配はない。

「……やはり、ただの洗濯物なのでは？」

宗孝が言っても、

「いやいや、まだわからないとも」

宣能は妙に自信ありげだった。

「実は、これとよく似た怪異譚《かいいたん》があったのを思い出したのだよ」

「こ、これとよく似た？」

うん、と宣能は重々しくうなずいた。

「いまは昔、前々から良からぬ噂《うわさ》のある空き家から赤い単衣《ひとえ》が飛んできては、榎《えのき》の大木の枝に飛びつくといった変事が起きてね。とある剛胆な武士が『その単衣を射落としてやる』と宣言して待ち構え、いつものように現れた単衣めがけて矢を射かけたそうだ」

「そ、それはまた大胆な」

「矢は見事、単衣の真ん中を貫いた。にもかかわらず、単衣はそのまま、いつものように榎の梢に飛び移った。ただし、地面には大量の血が落ちていたとか」

「では、怪異に痛手を負わせたのは確かなのですね。きっと、それ以降、単衣は現れることなく……」

「その後の単衣については特に語られていないから、現れなくなったのかもしれない。ただし、武士のほうは無事では済まなかった」

「そうなのですか？」

「ああ。その夜、彼は寝たまま息絶えていたそうだよ。きっと、赤い単衣に祟《たた》られたのだろうね」

ぶるっと身震いした宗孝に、宣能はにっと笑いかけた。宮中でみなに見せる、優美で品のよい笑みとはまるで違う表情だ。

そんな顔をされると、宗孝はなおさら不安に駆られた。あるとき、一線を踏み越えて、この世ならぬ異界へと行ったきり、宣能が帰ってこなくなるような気がしてしまう。

どうかどうか、何がひそんでいるかわからぬような暗い淵《ふち》へそのまま沈んでしまいませんように。魔を追うあまり、魔に取りこまれてしまいませんように。――そう願わずにはいられない。

なかなか本心を見せてくれないし、いつも強引で、こちらの言うことになどまるで耳を貸してくれない。そんな厄介な相手ではあるが、宗孝は本気で彼の身を案じていたのだ。怪異にも、そして多情丸にもこれ以上、近づいてもらいたくないというのが本音だった。どうせ、言ったところで聞き入れてはくれないだろうが。それでも、

「か、帰りましょう、中将さま」

「いや、せっかくだから、もう少し――」

宗孝は語気を強めてくり返した。

「もう帰りましょう、中将さま」

ここで引いては駄目だと自らに言い聞かせ、藤の梢を指差して言葉を続ける。

「あれはただの洗濯物ですよ。風に飛ばされ、木の枝にひっかかったに過ぎません。ここには怪異などないのです。武士が射た赤い単衣は物の怪だったかもしれませんが、あれはどう見ても違いますとも」

武士を祟り殺した単衣は赤色。高価な赤い染料で染められていたとすれば、それなりの高級品であったことがうかがえる。

いま、藤の樹上にある衣は、何の変哲もない晒《さら》しの白だ。おそらく、このあたりに住まう庶民の持ち物に違いあるまい。風に飛ばされ宙に浮いているときは、いかにも異様に思えたが、落ち着いて眺めれば変わった点はどこにも見受けられない。

それでも、宣能は未練たっぷりのまなざしを梢に向け、

「しかし……」

と言いよどんで動こうとしない。じれったくなった宗孝は、

「では、わたしがあれを取ってまいります」

そう言って、藤の木の幹にとりついた。幸い、雲のむこう側からとはいえ、月の光があたりをぼんやりと照らしている。そのかそけき明かりを頼りに、梢を目指して木を登っていく。宗孝の突飛な行動にあきれたのか何なのか、宣能は止めもせずに黙って見守っている。

手をのばせば衣に届きそうなところまで、宗孝は苦もなく進むことができた。

（あと少し……）

衣の裾をつかんだ次の瞬間、ぱきっと小さな音が足もとから聞こえた。足がかりにしていた枝が折れたのだと悟ったときには、宗孝の身体はすでに落下を始めていた。どすっと鈍い衝撃が身体を走って、地面に仰向《あおむ》けに倒れたところに、握りしめた衣がふわりと彼の顔の上に覆いかぶさる。

「大丈夫か！」

安否を問いつつ、宣能が駆け寄ってくる。宗孝はうめきつつ、顔にかかった衣をはらいのける。次の瞬間、彼は息を呑んだ。

上下が逆さまになった視界に、小ぶりな釣り鐘型の花が無数に映りこんでいた。色はどれも濃い紫だ。

（紫の花――）

いまは初秋。藤の花の咲く季節ではない。それでも、地中から季節はずれの藤の花房が立ちのぼり、自分を受け止めてくれたのでは――そう勘違いをして、宗孝は驚愕《きょうがく》した。

と同時に頭の中に声が響いて、二度、驚かされる。

『いまは花をつけておりませぬが、これは藤の木。それも珍しい八重藤の木なのです』

狩衣を着た白髪混じりの老人が理知的な声でそう語っている姿が、宗孝の脳裏に克明に映し出された。見おぼえのない顔だったが、そのまなざしは孫をみつめるかのように優しい。

『八重藤？』

返した宗孝の声は幼い子供のものだった。老人は自身よりも背の低い、子供の宗孝に向かって温かく微笑みかけている。

『ええ。普通の藤よりもずっと濃い紫の花を咲かせます。黒龍藤《こくりゅうふじ》――黒い龍の藤とも呼ばれる珍しいもので、わが家の自慢の木なのですよ』

老人の後方に見える邸には明かりが灯《とも》されており、屋内に人影も見える。そもそも荒れ屋ではなく、屋根に穴などもあいていない。

宗孝は唖然《あぜん》とした。

ここは空き家のはずだったのに。自分と中将のほかには誰もいなかったのに。いや、そもそも自分は子供だったのか、そうではないのか。いまは秋なのか春なのか。この老人は誰なのか……。

が、瞬《まばた》きひとつで宗孝を取り巻く景色はまた変わった。老人の姿は消え、その位置を宣能が占める。彼の後方に見える家屋も、真っ暗な空き家へと立ち戻っていた。

「しっかりしろ、右兵衛佐。わたしが誰だか、わかるか？」

宣能の問いにうなずきながらも、宗孝の思考はまだ、先ほど目撃した光景にとらわれていた。

あれはなんだったのか。その答えはすでに宗孝の中にあった。

子供の頃、宗孝は父の牛車《ぎっしゃ》に同乗して、異母姉たちの実家をそれぞれ訪ねたことがあったのだ。平安時代の貴族は一夫多妻が普通。本妻と同居しつつ、そのほかの妻たちのもとへは通っていく形式をとる場合が多かった。両親と同居していた宗孝は、十二人の異母姉たちに興味を持ち、彼女たちに逢いたがり、父は面白がってその願いを叶《かな》えてくれた。

十の姉の実家では、宗孝は姉の祖父と言葉を交わしていた。会話の内容はおぼえていなかったのだが――

「そうだ。八重藤の話をここで、この場所で聞かされて……」

「八重藤？　藤はもうとっくに散っているぞ。おい、しっかりするのだ」

宣能に軽く頬をはたかれて、宗孝はまた自分が無自覚なまま独り言を言っていたことに気づいた。

「あ、いいえ、大丈夫です。はい、本当に……」

適当に言葉を返しながら身を起こし、改めて周囲を見廻す。頭上の藤の木に花は咲いていない。その代わり、地上には似たような紫色の花が咲いていた。

「竜胆《りんどう》……」

飛翔する衣に気を取られていて、地表にまでは関心が向いていなかったのだが、藤の木のそばには何本もの竜胆が植えられていたのだ。

「ああ、竜胆だ」

「そうでしたか……。どうやら、わたしはこの竜胆の花を藤と見間違えていたようです……」

「竜胆と藤を？」

「はい。木から落ちて、天地が逆転したせいで……」

それに加え、身体を強く打った衝撃もあって、過去の記憶が甦《よみがえ》ってきたのだろう。

先ほど宗孝が見聞きしたのは、まだ十の姉とその家族が住んでいた時期の家、そこで十の姉と祖父と子供だった宗孝が交わした会話であったのだ。

宗孝の頭の中でそのようなことが起きていたとは知る由もなく、宣能は怪訝《けげん》そうに首を傾げた。

「まあ、言われてみれば、色は似通っているかもしれないな。まっすぐにのびる竜胆は、逆転すれば藤の花房にも思えるか。普通の藤はもっと色が薄いが、ここの藤は八重咲きゆえに葡萄のように濃い色味だったし」

数ヶ月前、いまを盛りと咲く八重藤を宣能も目にしていたのだ。

「春は藤が、秋には竜胆が花を咲かせる庭……。この家のあるじは、よほど紫の花が好きだったらしいな。確か、きみの姉上のご実家だったとか？」

「はい。十番目の姉がここに家族と住んでおりました。母親と祖父と、あとはそば仕えの女房が幾人かいたような……」

「十番目の姉――十郎太か」

姉も十二人もいるとにかく多彩で、中でも十番目の姉はかなり変わっていた。数年前から行方知れずとなり、久しぶりに再会できた彼女は男装し、十郎太と男名前を名乗っていたのだ。神出鬼没で、宗孝やほかの姉妹の危機を救ってはくれるものの、またふらりと姿を消してしまう。父のもとに戻ってはくれまいかという宗孝の願いを、なぜか聞き入れてくれない。身を隠さねばならない理由があるのかもしれないが、尋ねても、知らぬほうがいいとはぐらかされるばかりで……。

それでも、幾度も遭遇を重ねるうちに、十郎太は今上帝《きんじようてい》の実母、皇太后と縁があり、彼女のために働いていることはわかってきた。ならばと、宗孝は皇太后に仕える女房に文を出す体《てい》で、十郎太と連絡を取ろうとしたのだが、いまだに返事はない。

十郎太にしろ、宣能にしろ、自身の抱える問題は自身で解決すると決めているのだろう。優秀で、それが可能なふたりでもある。が、宗孝にしてみれば、水くさい、彼らに頼ってもらえない自分が不甲斐《ふがい》ないと歯嚙みせずにはいられない。

深いため息をつき、立ちあがろうとした宗孝は、自分が白い衣の裾を握りしめたままでいることにやっと気づいた。

ひゃあっと悲鳴をあげ、あわてて衣を手から離す。解放されても、衣は再び飛び立とうとはしない。宣能は冷めたまなざしでそれを見やり、つまらなさそうにつぶやいた。

「きみの言う通り、ただの洗濯物だったようだな」

「はあ……」

ホッとすべきところだろうに、宗孝はまるで悪いことをしでかしたがごとき後ろめたさに駆られた。さらには、自分をこんな気持ちにさせてしまう宣能を恨みたくなってきた。その思いに、ついに耐えきれなくなって、

「でも、もしも本物の怪異だったら無事では済まなかったやもしれません。これに懲りて、夜歩きは控えたほうが……」

みなまで言わせず、宣能は形のよい眉をひそめて切り返した。

「なんだ？　今度は説教か？」

「説教など、そんな、わたしの立場で言えるものではありません。ですが——」

「怪異探しにはもう付き合いたくないと？」

宗孝はすぐさま「いいえ」と返した。その刹那、宣能に見限られるのではとの恐怖が背すじを駆け抜け、宗孝は本気でぞっとした。そのせいでいったん不自然な間が空いたが、なんとか先を続けようとする。

「怪異探しには、これまで通りお付き合いいたします。ですが……」

「ですが？」

言わなくては。この機を逃すと、また当分言えなくなってしまう。

そんな思いに急《せ》かされて、宗孝はどうにか言葉をひねり出した。

「多情丸への報復など、もうお考えにならないでください」

ひときわ冷たい風が、ふたりの間をひゅうと通り過ぎていった。

やっと言えたと満足するどころか、宗孝はたちまち後悔の念に襲われた。そこに追い打ちをかけるように、宣能が冷え冷えとした口調で言う。

「だから、きみには秘密にしておきたかったのに」

藤の葉がざわざわと揺れ、竜胆の細い茎も風にしなる。例の衣の裾がふわりと浮いたが、再び梢に飛び立つまでには至らない。

「中将さま……」

宣能は顔を背け、閉じた扇の先で自らの肩を軽く叩いてうそぶいた。

「やれやれ。すっかり興が削がれてしまったよ。今日はもう帰ろう」

「はい……」

くるりと背を向け、宣能は未練なく大股で歩き出す。そのあとを、肩を落とした宗孝が黙ってついていく。

やはり聞き入れてはもらえなかった。いったい何をどうしたら、多情丸への報復をあきらめてくれるのだろうかと懸命に考えるが、糸口すらみつからない。

いっそのこと逆に、「仇討《あだう》ちのお手伝いをいたします」と言ってみようかとも思ったが、それでは多情丸と繋がっている右大臣——実父との対立を招きかねない。宣能が父にも内密にしているのは、止められるのを懸念しているからだ。冷徹な政治家である右大臣ならば、すべての事情を呑みこんだ上で多情丸を平然と使い続けかねない。宣能にとってそれは耐えがたい仕儀に違いなかった。

（気持ちの隔たりのあった親子が、ようやくこの頃、親密になり始めたように見えていたのに……）

親子であるのに、いや、逆に親子であるからこそ、いったんずれが生じると大きくなるばかりなのかもしれない。ひとの心とはかくも難しいものかと、宗孝は思わずにはいられなかった。

無意識にため息をつくと、先を歩いていた宣能が肩越しに薄く微笑みかけてきた。

「今宵も真の怪に出逢えなかったからといって、そう落ちこむことはないとも。わたしは絶対にあきらめないから」

そういうことではないのです、と思いつつも、

「ではまた、お供いたします……」

宗孝にはそう応えるしかない。

八重藤の木のある空き家を振り返ると、また風にさらわれていったのか、いつの間にか白い衣は消えてなくなっていた。藤の大樹にも花はなく、似た色の竜胆が静かに咲いているばかりだった。

桔《き》梗《きょう》の章

いつもより早めに公務が終わるや、宗孝《むねたか》はその足で真っ先に御所内の近衛府《このえふ》へと向かった。近衛中将《このえのちゅうじょう》たる宣能《のぶよし》に逢《あ》うためだった。

「中将さまはおられるか？」

応対に出た近衛府の舎人《とねり》に問うと、相手は真面目《まじめ》くさった顔で、

「いえ、本日はすでに退出されました。右大臣さまのお供を仰《おお》せつかったそうで」

そう言ってから微苦笑して付け加えた。

「ですので、怪異探しはまた後日。右兵衛佐《うひょうえのすけ》さまがおいでの際は、そう伝えるようにと承《うけたまわ》っております」

「そう、か……」

ふうっと宗孝は大きく息をついた。

ホッとしたような、気が抜けたような。どちらの気持ちがより大きいかは、彼自身にも量りかねた。この間の夜歩きの際、宣能とはいささか気まずいふうに別れたせいで、どんな対応をされるかと少々不安になっていたのだ。

すれ違いになってしまったわけだが、少なくとも舎人に伝言を残す程度には自分のことを気にかけてくれているらしい。それがわかっただけでも、肩の荷はだいぶ軽くなっ

た。


では、今日はこれから何をしようか。そう考えた瞬間、とある案が閃《ひらめ》いた。

(今宵《こよい》こそ行ってみるか……)

そう決めて、いったん帰宅した宗孝は、落ち着いた直衣《のうし》に着替えて再び外出しようとした。ところが――

「あら、帰ったかと思ったら、もうお出かけ?」

自室を出て簀子縁《すのこえん》を歩いている最中に、十一番目の異母姉に声をかけられたのだ。

十一の姉は、梨壺《なしつぼ》の更衣《こうい》となった八の姉の同母妹。姉の更衣に、小宰相《こさいしょう》という女房名で仕える宮廷女房だ。いまは、お産のために実家《さと》帰りした更衣とともに、権大納言《ごんだいな》言《ごん》――宗孝の父の邸《やしき》であるここに滞在中だった。

小宰相にとっても実家であるというのに気を抜かず、色鮮やかな女房装束をまとい、更衣に仕える者としての矜持《きようじ》をうかがわせている。とはいえ、宗孝に向けるのは、年の近い姉としての気さくな表情だった。

「今宵も中将さまのお供――かと思ったら、ではないようね」

「は?　なぜそう思うのですか、姉上」

何気ない体《てい》でいようとしたのに、問い返した声が不自然にうわずる。おかげで余計に動揺し、あせる弟を、小宰相は目をすがめてじっと検分した。そして、扇で口もとを隠

しておもむろに、

「ずいぶんとめかしこんでいるから……、もしや女人《にょにん》のもとへ？」

「えっ？　えっ？」

宗孝の顔がカッと赤くなり、小宰相は会心の笑みを浮かべた。

「当たったのね？　宗孝、あなた、やっと恋人ができたのね」

「違います、違いますよ」

「あらあら、隠さなくてもいいのよ。あなたにもようやく通いどころができたのなら、それはそれで喜ばしいことなのだから。むしろ遅すぎたくらいよ。やっぱりね、中将さまの御機嫌をとるために怪異探しにお付き合いするのも大事だけれど、そればっかりに明け暮れるというのもねえ。殿方としてどうなのかしらっていう気もするし」

「だから、違いますってば」

否定したところで、この姉に口で勝てたことはない。それに、女人のところに赴くのだからと見苦しくない装束を選んだのは事実だった。色恋沙汰の用向きだと誤解されるのなら、むしろ好都合かも——と思ってさえいたのに、面と向かって指摘されるとやはり猛烈に恥ずかしい。

そんなこんなを説明しても無駄だと早々にあきらめ、宗孝はその場からの逃走を図った。

「誤解ですから。お願いですから、妙な噂《うわさ》など流さないでくださいね」

念押ししながら足早に立ち去る弟の背を、小宰相の声だけが追いかける。

「大丈夫よぉ。誰にも言わないからぁ。それに」

扇の陰で、小宰相はくすっと笑った。

「こういうことは、わたしが言わずとも、どこからともなく自然に洩《も》れるものなのよ」

つぶやきのその部分は、幸か不幸か宗孝の耳には届かなかった。たとえ聞こえていたにせよ、いまさら外出を思いとどまりはしなかったろう。

宗孝が急ぎ足で向かったのは、邸の裏手の厩《うまや》だ。そこで彼を待っていたのは、比較的年の近い従者だった。

「お待たせ。さあ、行こう。念のために訊《き》くけれど、先触れは出してくれたのかな？」

「はい、もちろんです」

ならばと宗孝は馬にまたがり、邸を出発した。従者も徒歩《かち》で彼に同行する。目指すのは、皇太后——今上帝《きんじょうてい》の実母の住まいだ。

宗孝にしてみれば、雲の上の人物。気負って進む彼は、自分たちのあとをそっとつけてくる人影にまったく気づいてはいなかった。

都の東のはずれを進むうちに、陽《ひ》は次第に傾いてきた。夕刻の空にはねぐらへと急ぐ鳥の姿が、野には虫の声が満ち始めて、なかなかに趣深い。

そんな景色の中を、直衣姿の宗孝は馬に乗り、従者に手綱を握らせて、ゆっくりと進んでいる。まるで恋人のもとに通う青年貴族のようじゃないか——と、宗孝も恥ずかしながら自覚せずにはいられなかった。

手綱を握る従者は、滅多にないこの状況を楽しむかのように、にこにこしていた。

「お疲れではありませんか、右兵衛佐さま」

「いや、馬に乗っているのだもの。疲れはしないよ。それを言うなら、おまえのほうが……」

「いえいえ。こういう雅《みやび》な忍び歩きにお供できるのも従者冥利《みょうり》に尽きるというもの。疲れなど、いっこうに感じませせぬとも」

「雅な、か」

宗孝は苦笑を禁じ得なかった。

「はい。こう申してはなんですが、まさか女人のもとに向かうお供ができますとは」

「……まさかは余計だよ」

「これはこれは、申し訳ございません」

謝罪しつつも従者の笑顔は消えない。これが左近中将宣能と行く怪異探しの夜歩きなら、誰しもが怖がって同行を厭《いや》がるのに、色恋がらみとなると、当事者でなくとも気持ち的に華やぐものがあるらしい。

しかし、これは実のところ、そんな用向きの外出ではない。そう思われるように装っているだけだ。つまりは従者を騙《だま》しているわけで、宗孝は少々申し訳ない気持ちになった。

「雅どころか、無駄足になるかもしれないが……。いくら文《ふみ》を送っても梨のつぶてだったからね」

後ろめたさを隠して、宗孝が精いっぱい物憂げにつぶやくと、従者は真に受けて首を力強く横に振った。

「そのように弱気にならずとも。うまくいかないのは最初のうちだけですから」

「そうなのかな」

「そうですとも。現に、やっとやっと、渡りがついたのでしょう？」

「うん、まあ……。逢いたいひとから、直接、返事をもらえたわけではないけれど、そのかたと親しい女房から、ね」

「まずはそこからですとも」

意中のひとに逢うために、その周辺にいる別の者に仲介役を頼むのは、この時代の定石だった。

「ご心配でしたら、野の花など摘んでいかれてはどうでしょうか。ちょうどほら、桔《き》梗《きよう》や女郎花《おみなえし》などが美しく咲いておりますれば」

従者が指差す方《かた》には、彼の言う通り、季節の花が咲き乱れていた。春夏の草花ほど華やかではないものの、秋には秋の風情があり、野の花ゆえのゆかしさが香り立つ。なるほどなと、宗孝も納得してうなずいた。

「では、そうだな、あのあたりの花を少し摘んできてくれまいか」

「桔梗ですね。秋の七草のひとつとも数えられておりますし、ぴったりかと。『万葉集』にも確か――」

従者は指を折りながら、万葉歌人・山上憶良《やまのうえのおくら》の歌を口ずさんだ。

萩《はぎ》の花　尾花葛花《をばなくずはな》　なでしこが花
をみなへし　また藤袴《ふぢばかま》　朝顔が花

「ん？　いまの歌に桔梗は含まれていなかったようだが」

「万葉の時代にはまだ、いまの朝顔の花はこの国に伝わっておりませんで、朝に美しく咲く桔梗のことではないかと言われているそうです」

「そうなんだ。ずいぶんと物知りなのだな」

「いえいえ、それほどでも」

謙遜しつつも実際には学のあるところを示せて嬉《うれ》しかったのだろう、従者は嬉々《きき》として野に分け入り、桔梗の花を摘み取っていく。宗孝は憶良の古歌をそっと頭の中に書き留めておいた。

季節の花を手に夕刻の野を横切っていき、皇太后の住まう邸宅に到着した頃には薄闇がもうすぐそこに迫っていた。

皇太后はそもそもが宮家出身の高貴な女性だ。位で言うと従五位、右兵衛佐の身分では、皇太后に直接会うのは難しい。が、彼の目当ては皇太后そのひとではなく、彼女に仕える女房——宗孝の十番目の異母姉だった。

十の姉は、数年前に行方知れずとなり、その後、男装して十郎太《じゅうろうた》と名乗り、宗孝の前に現れた。以来、何度も宗孝の危機を救ってくれた。

まさに神出鬼没、何かと謎の多い十郎太は皇太后と繋《つな》がりがあり、皇太后の命で間者のごとき働きをすることもあるという。この間の夏、皇太后の別邸での宴《うたげ》では、美しく十二単《じゅうにひとえ》をまとい、皇太后付きの女房として登場した。

ならば、皇太后に仕える女房に文を送る体をとれば、十郎太と連絡が取れる、彼女に宣能と多情丸《たじょうまる》の件を相談できると、宗孝は期待したのだ。

残念ながら、十郎太は女房名を教えてくれなかった。それでも、彼女が仲間として引き入れた女盗賊たちの名はわかっている。朝顔《あさがお》、夕顔《ゆうがお》と名乗った双子の姉妹。彼女たちに文を送れば、廻《まわ》り廻って十の姉上のもとに届くはず――と期待したのに、いまだ姉からの返事はない。

ならば、文ではなく直接、出向こう。十の姉本人には対面できずとも、朝顔か夕顔、どちらかには逢えるはず。そうすれば、彼女たちを通して、こちらの切実さが十の姉により伝わるはず。そう願って、宗孝は皇太后の御所へと向かう決意を固めたのだった。

都の中心からは離れているために皇太后の住まう周辺は閑静で、夫に先立たれた貴婦人が暮らすに似つかわしい、落ち着いたたたずまいを醸《かも》し出《だ》していた。皇太后そのひとではなく、彼女に仕える女房に用があるのだ、とは思うものの、気後れしてしまうのは否めない。

馬から下りた宗孝と従者が門のそばでぐずぐずしていると、まるで見かねたかのように、皇太后に仕える舎人であろう、狩衣《かりぎぬ》姿の老人が現れた。烏帽子《えぼし》の下から覗《のぞ》く老舎人の髪は真っ白で、眉だけが黒い。簡素な装いながら、年齢を重ねた容貌には知性が感じられた。

「失礼ながら――」

どちらさまでと問われて、宗孝はおのれの官職名を告げた。

「右兵衛佐だ。皇太后さま付きの女房に逢いに来たのだが、ここに来るのは初めてなもので、どうにも戸惑ってしまって……」

馬鹿正直に応える宗孝に、老人は浅くうなずき返して問うてきた。

「なんという名の女房でございましょう」

十郎太、と言いかけて、まさかそんな女房名ではあるまいと思い直す。当初の予定通り、まずは双子たちを通して姉への接触を図ろうと、

「双子の姉妹で……」

「はい。双子の女房はこちらにおりますが、さて、姉と妹とどちらにお逢いしたいので?」

うっと宗孝は言葉に詰まった。

どちらでも構いはしないのだが、そんなことを言おうものなら、姉と妹とを両天秤《りょうてんびん》にかけている好き者と誤解されかねない。困って視線をさまよわせた宗孝は、こちらを心配そうにみつめている従者と目が合った。がんばってくださいと、声援を言葉ではなく目で送ってくる彼は、桔梗の花を握りしめている。

万葉の時代には朝顔と呼ばれていたかもしれない、桔梗の花。宗孝は咄嗟《とっさ》に、

「あ、朝顔の君にお逢いしたいのだ」

「朝顔ですか。では、こちらへ」

従者には厩に馬を運ぶよう指示をして、老人は宗孝を敷地内へと案内してくれた。宗

孝は秘《ひそ》かに胸をなでおろしつつ、老人に導かれるままに邸の敷地内へと進んだ。通されたのは北側の対屋《たいのや》だった。

「朝顔を呼んでまいりますので、しばしお待ちを」

簀子縁に上がる階《きざはし》のそばに宗孝を置き去りにして、老人は対屋の中へと去っていく。ひとり残された宗孝は手の中で桔梗の花をくるくると廻しながら、朝顔が現れるのを待っていた。

すでに陽は沈み、あたりは暗くなっていたが、星明かりと軒先から下がった釣燈籠《つりどうろう》のおかげで不自由はない。庭の前栽《せんざい》の中からはか細い虫の声も聞こえて、秋の風情を色濃く漂わせている。

（これが本当に恋のための訪問だったら、さぞや気持ちも盛りあがったろうにな……）

苦笑を浮かべてそんなことを考えていると、さらさらと衣《きぬ》ずれの音をさせて、若い女房がひとり、簀子縁を渡ってきた。身に着けた女房装束は朝顔の花を連想させる縹色《はなだいろ》（青）だ。

「朝顔……？」

呼びかけようとした宗孝の語尾が、怪訝《けげん》そうに揺れる。女房のつんとすましたその表情は、朝顔ではなく夕顔に似つかわしいように感じたためだった。

「もしや、夕顔のほうか？」

女房は階の手前で歩みを止めて訊き返してきた。

「なぜそう思われますの？」

双子だけに、顔や背格好では朝顔と夕顔の見分けはつかない。それでも、夕顔は気が強そうな、朝顔からはほがらかな印象を受けるといった差異はある。

「その、つんとすましたところが……」

真っ正直に言いそうになり、宗孝はあわてて自分の口に扇を押しつけた。女房は気を悪くするどころか、目を丸くしたあとでくすくすと笑い出した。

「右兵衛佐さまは面白いおかたですのね」

裾を器用にさばいて簀子縁にすわった彼女は、現れたときとは別人のように屈託ない表情を浮かべている。

「朝顔……なんだな？」

「はい。右兵衛佐さまは夕顔ではなく、朝顔をご指名でしたでしょう？　それとも、お間違えでしたか？」

「いいや、間違いではない」

双子の利点を活《い》かして、わざと夕顔のふりをしてみせたのだろう。単にからかわれたのか、それとも警戒されたのか。後者だったならば、そんな気構えは無用だと伝えなければと思いつつ、宗孝は桔梗の花をおもむろに差し出した。

「ここに来る途中、野の花を摘んできたんだ。桔梗の花だが、万葉の時代には朝顔と呼ばれていたらしい。ええっと、萩の花、尾花葛花……」

おぼえたての万葉歌を口ずさんでみる。ガラにもないことをしているとの気恥ずかしさはあったが、どうにか三十一文字《みそひともじ》を最後まで詠うことはできた。

「あらまあ」

朝顔は素直に喜色を浮かべ、嬉しそうに花を受け取った。

「素敵ですわ。まるで本当に、右兵衛佐さまと恋の駆け引きをしているかのよう。それとも、いっそ本当のことにしてみます？」

「えっ」

「わたしは一向に構いませんのよ」

「いや、それは……」

冗談だとわかっていても、宗孝は顔を真っ赤に染めてしまった。朝顔はそれを見て、楽しそうにころころと笑っている。

「今宵は、十の姉上のことを訊きたくて来たのだが」

宗孝は無理やりに話を本題に持っていった。朝顔は残念そうな顔をしつつも、じらすことなくその話に乗ってくれた。

「十郎太さまに関してですね。でも、お話しするようなことは何もないのですよ。わたしたちも、さきの夏に知り合ったばかりなんですもの」

朝顔と夕顔の双子は、皇太后の別邸での宴で女房にまぎれて盗みを働いていた。そんな彼女たちを十郎太が捕まえ、検非違使《けびいし》に引き渡す代わりに、自分の手もとに置くことにしたのだ。

「何をやらされるのかと、最初こそは戦々恐々としておりましたが、十郎太さまは無体を強いるわけでもなく、それどころか、わたしたち姉妹は皇太后さまのもとで、普通に女房としてお勤めをさせていただいておりますわ。なんだか拍子抜け、いえいえ、思いがけず穏やかな暮らしを手に入れられて、わたしも夕顔も、十郎太さまにはそれはそれは感謝をしておりますの」

結果的に盗賊の更生となっているのなら、それはそれでいいことなのだろうなと宗孝も思わないではなかった。

「では、姉上はいま、ここに——」

「ええ、でも」

言いにくそうに朝顔は言葉を濁した。

「あまり表に出ようとはなさらなくて。かと思うと、ふいにいなくなったり。まるで風のようですわね。ご自分のことはほとんど話してくださらないし、まるで何かから身を隠しておいでのようですわ」

「何かから身を隠す……」

十郎太はかつて、彼女の母親、祖父とで暮らしていた。母が病で亡くなり、次いで祖父も亡くなって、ひとりになった彼女を一時期、父が手もとに引き取った。しかし、何が理由だったのか、十郎太は父親のもとから姿を消し、以来、何年も行方知れずとなっていたのだ。

平安京では非道なひとさらいも横行していたが、十郎太は自らの意思で消息を絶ったと思われた。十二人も娘がいれば、そういう子もいるであろうと強がりを言いつつも、老齢の父は寂しそうにしていた。できれば、無事な様子を見せて父を安心させてやって欲しいのだが、なぜか十郎太はそれを拒み続けている。

華やかな平安京が、裏社会で暗躍する多情丸のような存在を内包しているのと同じく、十郎太にも身内には言えない暗部があるのかもしれない。以前、宗孝が十郎太を問い詰めたときに、知らないほうがいいこともあるとはぐらかされた点からも、それはうかがえた。

彼女には彼女なりの事情があるのだろう。それを明かしてもらえないのは歯がゆいが、いつかはきっと教えてくれるはずと、宗孝は淡い希望をいだいている。こうして自分が姉に働きかけることで、秘密開示の時期が少しでも早まってくれるのを願いつつ。

「……わたしが出した文は姉上に読んでもらえているのだろうか」

「はい。お父上やほかの姉上たちの消息も書いてくださっていますでしょう？　それをご覧になって、とても嬉しそうにされておりましたよ」

「そうか」

距離をおかれる一方で、相手もこちらを気にかけてくれている。そうとはっきり知れただけでも、ここに来てよかったなと宗孝には思えた。

「では、十の姉上によくよく伝えておいてくれまいか。困ったことがあったら、遠慮などせずにこの弟を頼って欲しいと。まあ、頼りない弟ではあるが」

「そんなことはありませんわ」

「いやいや……。それと……、実は姉上にぜひにも相談したきことがあって……」

頼って欲しいと言った舌の根も乾かぬうちに姉を頼ろうとする自分に矛盾を感じながら、宗孝は歯切れの悪い口調で告げた。

「文には書きにくい話なのだ。だから、どうか逢ってじっくり話を聞いてもらえないかと。姉上には幾度も助けてもらい、感謝はしているが、すぐに去ってしまうがためにこちらの話はろくに聞いてもらえない。それがわたしはじれったくて仕方がないのだ」

朝顔は共感し、何度もうなずいてくれた。

「わかりました。右兵衛佐さまのお気持ち、十郎太さまに確かにお伝えいたしますわね」

「よかった……」

宗孝が小さく息をついたそのとき、きゃあと女の悲鳴が対屋の中から聞こえた。微《かす》かな声だったが聞き逃さず、宗孝と朝顔は途端に緊張した。

「いまのは」

「わかりません。見てまいります」

もと盗賊で肝がすわっているせいか、朝顔は悲鳴がした方向へと怖《お》じることなく向かっていく。数瞬、ためらいはしたものの、宗孝も沓《くつ》を脱ぎ捨てて階をのぼり、彼女のあとに続いた。朝顔のほうも、特に宗孝を止めはしない。

「何事ですか」

問いながら朝顔が踏みこんだのは、簀子縁に接した廂《ひさし》の間《ま》だった。一段高い母屋《もや》を囲んだその空間は、几帳《きちょう》などで細かく仕切って、女房たちの控えの場にも用いられている。

宗孝が廂の入り口から中を覗くと、数人の女房たちが燈台の近くで身を寄せ合って震えていた。針仕事の最中だったらしく、縫いかけの装束や裁縫道具が彼女たちのまわりに散らばっている。

ひとりだけ、背中を丸めて荒い息をついている若女房がいて、彼女の背中を同僚がさすりながら、「しっかり」と呼びかけている。なのに、彼女はぜいぜいと苦しげに呼気を荒らげるばかりで応答しない。

「いったい、何が」

朝顔の問いに、背をさすっていた側の女房が振り返った。夕顔だった。目鼻立ちはほとんど同じなのに、やはり夕顔のほうはきりりと、朝顔のほうからはもの柔らかな印象を受ける。

「燈台の火が小さくなってきたので、このひとが油を足したら、火が急に大きくなって。それで驚いて悲鳴をあげた直後に外で物音がして、なおさら驚いたのか、急に苦しみ出したのよ」

「外で物音？」

「ガサッと前栽が揺れたような音が。たまたま近くにいらした黒茂《くろしげ》どのが、様子を見に走っていったのだけれど、会わなかった？」

朝顔が首を横に振る。宗孝もここに到着するまで誰とも出会わなかったが、念のため、

「黒茂どのとは？」と訊いてみる。答えたのは朝顔だった。

「皇太后さまの舎人ですわ。かなりのお年ですけれど、皇太后さまの信頼も厚くて、右兵衛佐さまのお取り次ぎをしたのも黒茂どので」

白髪黒眉のあの老舎人かと、宗孝もすぐに理解した。外の物音については、それらしきものは聞いていないのでなんとも言えない。

「わたし、水を持ってくるわ」

おびえるばかりで何もできずにいる他の女房たちとは違って、朝顔は水を求めて廂から走り出していった。宗孝はどうしようかと迷ったがその場に残り、

「しっかり。もう大丈夫ですから。何も起きはしませんから」

荒い息をつく若女房に、懸命にそう言い聞かせる。女人ばかりの場に飛びこむ羽目になって、宗孝も大いに戸惑ってはいたが、ひとりでも男がいたほうが彼女たちも心強いには違いなかった。

朝顔はすぐに、水差しと椀《わん》とを手に戻ってきた。

「さあ、これを飲んで」

勧められるままに、若女房がひと口、水を飲む。大きなため息をついたと同時に、彼女の目尻から大粒の涙がぽろりとこぼれ落ちた。

「大丈夫よ、大丈夫」

夕顔が女人にしては低めの落ち着いた声で慰め続ける。みなに見守られ、ようやく落ち着いてきたらしく、件《くだん》の若女房は静かに涙を流しながらうなずいた。

老舎人の黒茂が廂に戻ってきたのは、そんなときだった。彼は廂に宗孝と朝顔がいるのを見てもさして驚いたふうもなく、

「念のために庭をぐるりと廻ってきましたが、曲者《くせもの》の姿などは見当たりませんでしたよ。この御所は山に近いですからね。大方、庭に迷いこんだ狐《きつね》か狸《たぬき》が、女房どのの悲鳴に驚

いて走り去った物音だったのではないかと」

と告げる。その場にいた同僚女房たちは「狐か狸……」と言われて、ホッと息をつい
た。それが正解かどうかは誰にも確かめようがないが、何かわけのわからないモノが庭
にひそんでいたと想像するよりは、野山の獣であったと考えるほうが無難だった。

「それで、何があったというの？」

朝顔が尋ねると、同僚女房たちもそれはぜひ知りたいといった顔をして、件の若女房
に注目した。彼女は恥ずかしそうに目を伏せつつ、か細い声で応えた。

「燈台に油を差していたときに……、火がつかの間、大きくなって、その中に妙なモノ
が見えたような気がして驚いて……」

そこでひと息ついてから、彼女は苦しげな顔をして続けた。

「人影の、ようでした。それも、わたし自身にそっくりな……」

ざわっと女房たちの間に動揺が走った。宗孝も肌が粟立《あわだ》つのを感じて、身を堅くする。

ただひとり、黒茂だけが、

「それは、あることでありましょうな」と、飄々《ひょうひょう》とした体で言った。

女房たちは溺れる者が藁《わら》をも摑《つか》むように、

「あること？　あることなの？」

「何か知っているなら教えてくださらない、黒茂どの」

口々に黒茂へとねだる。老人は求めに応じ、「そうですね、いまは昔の話となりますが――」と語り出した。

「宮中でとある女御《にょうご》さまにお仕えする女房の中に、小中将《こちゅうじょう》の君と呼ばれる者がおりましたとか。容姿にも心ばえにも非の打ちどころがなく、みなに好かれていたそうなのですが、ある日の夕方、暗くなってきたので燈台に火を灯《とも》したところ、その火の形がなんと小中将そっくりになったというのです」

えっ、と女房たちのみならず、宗孝も息を呑《の》んだ。黒茂は驚くみなを見廻し、軽くうなずいてみせた。

「今宵の出来事と似ておりましょう。そのとき、その場に小中将はいなかったにもかかわらず、薄色（薄紫）の衣に紅《くれない》の単衣《ひとえ》を重ねて着た立ち姿が、袖を口もとに寄せた様子、目もとや額、髪の具合までもが、まるで写し取ったかのようだったと。同僚の女房たちが集まってきて、『なんとまあ、似ていること』と、ちょっとした騒ぎになったのですが、ただ物珍しがっているうちに灯心は尽き、不思議な火も消えてしまったのでございます……」

少しばかりの間が入る。宗孝をはじめ、女房たちは息を詰めて話の続きを待った。まるで、村の物知りの長老を囲んで物語に聞き入る童《わらわ》たちのように。彼らを照らす燈台の火までもが、場の空気を読んでか、細かくゆらぐ。

「それから二十日《はつか》ほど経《た》つうちに小中将は病を得て、はかなくなってしまったのです」

まあ、と女房たちが息を呑んだ。火の中に人影を見たと証言した若女房は、傍目《はため》にもわかるほどわなわなと震えている。

「古参の女房たちなどは、その話を聞いて、『灯火の怪異が生じたとき、その場に対処法を知る者がいたならば、こんなことにはならなかったのに』と……」

宗孝は思わず訊いた。

「対処法があるのか」

黒茂は宗孝に視線を合わせてうなずいた。

「ええ。もしも、火の中に人影が見えたなら、灯心の燃え残りを搔《か》き落《お》とし、その人物に飲ませて堅く物忌《ものい》みさせれば、忌まわしいことは起こらないと、昔から言い伝えにあるのですよ。若いおかたはご存じないのかもしれませんが」

「そうだったのか……。いや、それは知らなかった」

万葉の古歌も怪異への対処法も、自分は何も知らないのだなと、わが事ながらあきれつつ、

(ゆらぐ火の形が女房の立ち姿そっくりになる。しかも、目もとや髪の具合まで同じに。そんな奇怪な現象が目の前で起こったら――中将さまが大喜びしそうだ)

不思議を求める宣能に、洛中洛外《らくちゆうらくがい》をさんざん引き廻されてきた宗孝は、そう考えず

にはいられなかった。

女房たちはさっそく燈台の火を落とし、その燃えさしを紙の上で細かくし始めた。

「さあ、これをこの水といっしょに飲んで」

朝顔が椀に新たな水を注いで勧める。若女房は涙目になりながら指示に従い、粉になった燃えさしを水といっしょにごくごくと飲み下した。

「これで、これで厄災からは逃れられますか」

問う若女房に黒茂は、

「もちろんですとも。あとはそうですね、念のために祈禱《きとう》などをしてもらえば、心配は無用かと」

迷いのない返答に、若女房は大きく安堵《あんど》の息をついた。他の女房たちも一様に胸をなでおろす。

この隙にと、宗孝は廂から簀子縁へとそっと出ていった。

空には秋の月が皓々《こうこう》と輝いて、皇太后御所の庭を明るく照らしていた。この庭のどこかに狐か狸がまだ隠れているのかもと見廻しても、鼠《ねずみ》一匹いはしない。いたとしても、宗孝にはみつけられなかっただろう。月明かりがあろうとなかろうと、あちらこちらに配された前栽など、獣が身を隠す場所はそこにいくらでもあった。

だから詮索はしない。あれは女房の悲鳴に驚いて狐狸《こり》が逃げた物音に違いないと、宗孝もそう思うことにした。

(火の中に見えた人影というのも、単にあの女房の見間違いだったかもしれない。似たような経験は自分もしているし……)

照る月を見ていると、以前、八重藤のある廃屋で白い人影を目撃した件が思い出されてくる。あれは月を眺めていて、目をそらした瞬間に生じた幻。明るい月光の刺激に惑わされ、視覚が混乱したせいだった。ならば燈台の小さな明かりでも、暗闇の中でそれをじっとみつめていれば、同じような混乱が若女房の知覚にも生じうるだろう。

(彼女たちも落ち着いたようだし、もう帰ろう)

十郎太には逢えずじまいでも、文は確かに彼女に届いていると確認できたし、〈ばけもの好む中将〉に喜んでもらえそうな怪異譚《かいいたん》も入手できた。今日はなかなかの収穫だったじゃないかと喜びつつ歩き出そうとすると、

「逃げた狐をお捜しで?」

背後から黒茂に声をかけられた。宗孝は振り返り、

「ああ、いや。これだけ広くて身を隠す前栽も多ければ、容易に逃げられるだろうなと思っていただけで」

「そうですね。相手はただの獣。無理にあぶり出したところで、なんの益もありはしませんから、わたしめも深追いはしませんでした」

黒茂は穏やかな口調でそう言った。無駄に騒ぎ立てぬその姿勢に、この老人も若女房の見た人影は真の怪ではないとみなしているのかもと、宗孝は察した。そんな理性的な人物だからこそ、皇太后の信頼も厚いのだろう。

「黒茂どの——だったか」

「はい。髪はすっかり白くなりましたが、眉ばかりが黒く残りましたので、そう呼ばれております」

血管の浮いた手を髪の生え際に寄せて、黒茂は笑顔を見せた。宗孝も釣られて笑う。最初は取っつきにくい人物のようにも思えたが、実は親しみやすい御仁だったのだなと感じ、もののついでに尋ねてみる。

「燃えさしを飲ませるあの対処方法は、本当に昔から？」

「ええ。正真正銘、昔からの言い伝えです。真偽のほどは知りませんが、なに、効きさえすればいいのですよ」

燃えさしを飲ませる対処法自体に効果はないのかもしれない。しかし、あの若女房を安心させることはできた。その安堵感こそが、病魔を退け、心身を健全に保つ力に通じるのだろう。逆に、呪われた、祟《たた》られたと強く思いこめば、それだけでひとは本当に病になりかねない。

廂から出てきた女房が、「あの、右兵衛佐さま」と声をかけてきた。

朝顔かと思ったが、目の前の女房からは彼女のような気安さは感じられなかった。ならば夕顔か、あるいは夕顔のふりをした朝顔か。判断がつかず、宗孝は直截《ちょくせつ》、訊いてみた。

「夕顔？　それとも朝顔？」

「夕顔です」

きりっとした口調で彼女は告げた。叱られたような気がして宗孝は肩をすくめ、黒茂がくすっと笑う。

「もうお帰りでしょうか。もしお時間がおありでしたら、こちらへ」

夕顔が扇で招き、宗孝を別の場所へと誘う。もとより、時間ならばたっぷりある。

「わかった、行こう」

即答した宗孝は黒茂に軽く会釈して、夕顔のあとについていった。黒茂も頭を下げ、離れていくふたりを見送る。

宗孝と夕顔の後ろ姿が視界から消えてから、黒茂はゆっくりと視線を月明かりの庭へと戻した。一見、庭に変化はないようだったが、彼は黒眉を片方だけ上げてつぶやいた。

「おや、狐はまだそこに……。あの若者についてきていたようだったが？」

簀子縁の近い前栽が唐突にがさがさと揺れたが、黒茂は驚きもしなかった。

先を進む夕顔の袿《うちき》の裾を宗孝がうっかり踏んでしまい、ふたりはほとんど同時に声をあげた。

「あっ」

「ああ、すまない」

振り返った夕顔に睨《にら》みつけられ、宗孝は再度、肩をすくめた。睨んだだけで、それ以上は夕顔も何も言わず、また先を歩き出す。

どこに連れて行かれるのかと思ったが、対屋の簀子縁をぐるりと廻って反対側の小部屋へと案内された。

「こちらでお待ちください。暗いですが、すぐに火を持ってまいりますので」

宗孝を小部屋の中に導いて立ち去りかけ、夕顔はふと足を止めた。

「――先ほど、わたしと朝顔を間違えそうになりまして？」

「えっ？　いや、だって同じ顔……。それに、朝顔のほうが最初、夕顔のふりをして現れたものだから」

「やっぱり」

夕顔は眉間にぐっと皺《しわ》を刻んだ。

「朝顔はときどき、おふざけが過ぎて。わたしの真似をするので困ります」

「だったら、夕顔も真似を仕返してやればいいのでは？」

「無理です。朝顔の真似など恥ずかしくてできませんわ」

夕顔はきりりとまなじりを吊《つ》りあげて断言した。なるほど、屈託のない朝顔ならおふざけもできるが、お堅そうな夕顔に逆は難しかろう。

夕顔が衣ずれの音をさせながら去っていく。小部屋にひとり残された宗孝は、夏の別邸での双子たちはどうだったかなと思い返してみた。

あのときの彼女らは、宴席の場で給仕役として真面目に働く女房を演じていたため、それぞれの個性を出すには至っていなかった。無個性であったからこそ、容姿が同じ双子はなおさら見分けがつかなくなり、場に混迷を引き起こしたのだ。

そんな者たちを手もとに置いて、十の姉は何をしようとしているのか……。

つらつらと考えていると、思ったより早く、手燭《てしょく》を持った女房がやってきた。彼女は無言で入室してきて、燈台の灯心に手早く火を移した。

暗かった小部屋に柔らかな明かりが満ちる。揺れる灯火が照らす女房の顔は、夕顔でも朝顔でもなかった。

「十の姉上……！」

驚きの声を発する宗孝に、十の姉こと十郎太はにっこりと微笑《ほほえ》んだ。灯火の柔らかさも相まって、月世界から舞い降りてきた天女もかくやと思わせる姿だった。

「逢いたかったです、姉上……」

「そう言ってもらえると嬉しいわ」

「いくら文を送っても返事がないので、読んでももらえずにいるのかと……。でも、そうではなかったと朝顔から聞きました」

「ええ。でもね、あなたが文をくれることで――」

「何かまずいことでも？」

不安にかられ、食い気味に問うた宗孝に、十郎太は微苦笑しながら首を横に振った。

「そうではないわ。ただね、新参の双子女房のもとに文を送る殿方がいらっしゃるけれど、朝顔さんと夕顔さんとどちらをお望みなのかしらって、女房たちの間で噂になっているの」

「お、お望みって。そんな」

宗孝は赤く染めた顔の前で、片手を激しく振った。

「色恋は関係ないですよ。そもそも双子たちに宛てた文でもありませんし」

「でも、まわりはそうは思わないわよね」

「そんな、どうしたら」

じたばたする弟に、姉は涼しげに言った。

「ほうっておきなさい。男女でもお友達として文の遣《や》り取りをすることは、ままあるのだし、言いたいひとには言わせておけばいいのよ。どうせ、すぐに飽きるから」

「飽きますか……。だったら、まあ……」

額を押さえ、ううむと宗孝はうなった。

違うのです、違うのですと否定行脚《あんぎや》をしてまわったところで逆効果でしかないと、彼にも容易に想像はついた。むしろ、双子を隠れ蓑《みの》に十の姉と連絡がとり続けられるのなら、これくらいは受け容《い》れねば仕方あるまい。

「色男のふりをしているようで心苦しいのですが……」

「これくらい、あきらめなさい。で？　わたしに相談したいことがあったのではなくて？」

「あ、はい。そうでした」

宗孝は改めてすわり直し、

「文には詳しく書けなかったのです。わたし自身についてではなく中将さまのことで相談が――」

「〈ばけもの好む〉中将さまね」

「ええ。姉上は多情丸なる人物のことはご存じですよね」

多情丸の名を出しても、十郎太の表情は別段、変わらなかった。逆にそのことに違和感がなくもなかったのだが、宗孝はそこまで気が廻らず、多情丸が宣能の乳母《めのと》の仇《かたき》であること、そうとは知らずに右大臣が多情丸を使っていること、宣能は父の右大臣に迎合したふりをしつつ、仇をとる機会をうかがっていることを、彼女に一気に打ち明けた。十郎太は途中から檜扇《ひおうぎ》を広げ、口もとを隠しながら、弟の話を黙って聞いていた。宗孝は力みすぎて、語り終えたときには肩でぜいぜいと息をしていた。

「なるほど……。それで、あなたはどうしたいの？」

「どうって」

考えるまでもなく、宗孝は強い口調で胸の内を明かした。

「そんな危うい真似、中将さまにはさせたくありません。多情丸が非道な男だというのは理解しましたし、乳母といえば母親も同然、まして幼い頃に目の前で乳母を傷つけられ、その怪我《けが》がもとで乳母が命を落としたとなれば、恨み悲しみは限りありませんとも。報復をと考える気持ちはわかります。ですが、さすがにそんな危うい真似は――」

「させたくないのね。もう答えは出ているのではなくて？」

「……はい。でも、中将さまは耳を貸してくださらなくて」

「聞かないでしょうね、あの中将さまは」

「その通りです」

「きっと誰であろうと無理よ。世間に〈ばけもの好む中将〉と呼ばれて変人扱いされても、いっこうに気になさらないかたですもの。一度決めたら、きっと貫くわ。御自身でも止められないのではないかしら」

「姉上もそう思われますか……」

急に疲れが押し寄せてきて、宗孝は肩を落とし嘆息した。

「中将さまが手出しをなさる前に、検非違使に多情丸を捕縛させようかとも考えましたが」

「多情丸の後ろには右大臣さまがいるのでしょう？　だったら、たとえ検非違使が出てきたとしても、きっと右大臣さまが裏の手を使って多情丸を解放させるでしょうね。そして、中将さまは永遠に復讐《ふくしゆう》の機会を失ってしまわれる……」

「ええ。止められるのを警戒し、中将さまはお父上にこの件を秘しておられるようです。あの右大臣さまなら、過去のことを不問にして多情丸を使い続けかねませんから。御子息の心情よりも、御自身の利益のほうを優先されるのではないかと……」

宣能の父親を悪く言うのははばかられたが、右大臣にそのような冷徹な一面があることは否定しようがなかった。以前、多情丸の非道な前歴を知る者が、「このことを右大臣さまにばらすぞ」と多情丸を脅したことがあったが、あの脅し自体、そもそも効き目などありそうになかったのだ。もっとも、その脅しをかけた男はそうと知る前に、多情丸に返り討ちに遭ってしまったが。

「では、わたしはどうしたらいいのでしょう——」

困り果てる宗孝に、十郎太は優しく言った。

「見守ってさしあげなさい」

「見守るだけですか？」

「いまはね。動かなくてはならないときが来たら、きっとわかるでしょう。そのときまでは、そばで見守って、あのかたを支えてさしあげて」

「わたしごときが中将さまの支えになど……」

「なっているじゃないの。みなが厭がる夜歩きにも進んで付き合っているわ」

「進んでではないですが」

ないけれど、もう何度目になるかわからないほど、怪異探しの夜歩きに付き従っている。そのこと自体が見守りになるというのなら、おっかなびっくり、これからも付き合わねばなるまい。そうする覚悟は、宗孝の中にいつの間にかできあがっていた。

ジジジと微かな音をさせて、燈台の火が揺れる。宗孝はちらりと火を見やった。

細い火の中に、怪しい人影などは見えない。見えたとしても、きっとそれは視覚の混乱。燃えさしを細かくして水で飲み下せば、あとの災難も退けられる。

おびえる心も、理性を働かせたり、逆に昔からの言い伝えを活用したりでなだめることは可能なのだ。不安や恐怖を放置し、下手《へた》に膨らませるよりは、そのほうがずっといい。またひとつ教わったなと、宗孝は思った。

（こうして少しずつ、怪異にも備えられる技を身につけて、万一のときに中将さまを救えられたら——）

そんな希望を胸に宿して、彼は遠慮がちに言った。

「十の姉上も、いつもどこからか、わたしたちを見守ってくださっていますよね。そして、危ういときには颯爽《さっそう》と助けに来てくださる……。そんなふうに、わたしもできたらいいなとは思います」

「できるわよ、きっと」

姉に保証してもらえて、宗孝は弱々しく微笑んだ。

知恵も容姿も身分も何もかも、相手のほうが明らかに上。十二人の異母姉がいることぐらいしか、他と違う点もない平凡な自分。これでは支えるも何も、能力不足が歴然としている。それでも、何かの役に立てるというのなら——

全面的な自信にまでは至らなかったものの、実際に十の姉と対面し、不安を吐露できたことで、宗孝は前向きな気持ちは得たのだった。

「あ、そうだ」

宗孝はふと思い出して、

「この間、姉上が昔、暮らしていた邸に行きましたよ。庭に八重藤の大木があった家に」

「あら。あそこはもう、誰も住んでいないのでは？」

「ええ。ですが、この間、中将さまの夜歩きのお供をしていて——」

風にあおられた白い衣を追っていき、空き家の庭に入りこんだ話を、この機にとばかりに披露する。

「物の怪だと思ったのですが、どこかの家の洗濯物が風にあおられて飛んでいただけでした。季節柄、庭の藤は咲いていませんでしたが、同じ紫色の竜胆《りんどう》の花がきれいに咲いていましたよ」

「あの竜胆は、わたしの祖父が植えたものなのよ」

「やはり、そうでしたか。実は、今年の春の終わりにも中将さまとあの家に寄ったことがあって、そのときは八重藤がそれはそれは見事でしたよ。黒龍藤《こくりゆうふじ》——黒い龍の藤とも呼ばれる珍しい藤なのですってね」

「そうよ。邸のあるじがいなくなっても、花は変わらずに咲いていてくれているのね……」

十郎太は檜扇のむこうで懐かしそうに目を細めた。

「昔、子供の頃、あの家に父上と行って……、そのときに姉上のお祖父《じい》さまと話をしたことを思い出しましたよ。八重藤の名前も、お祖父さまに教えていただいたのでした」

「まあ、そうだったのね」

もっともっと姉と話していたかった。しかし、十郎太のほうから、

「さて、そろそろお帰りなさい。あんまり遅くなってからここを出ると、右兵衛佐どのはやっぱり皇太后さまの女房と恋仲になったのだなと噂が立ってしまうから」

「なんだかもう、噂になるのはしょうがないのかなという気になってきましたが」

「そうなったら悲しがるひとがいるのではなくて？」

「わたしに？　いませんよ、そんな奇特なひとは。まあ、一時期、恋文が殺到したこともあるにはありましたが、それも潮が引くようになくなってしまいましたし」

十郎太の目の中にいたずらっぽい輝きが宿った。

「でも、単に気づかないだけで、あなたを熱くみつめているかたが案外、近くにいるのかもしれなくてよ」

「だといいのですが」

頭を掻きながら、宗孝は照れ半分、自虐半分であっはっと笑った。哀《かな》しいかな、彼には本当に心当たりがなかった。

撫《なで》子《しこ》の章

広げられた絵巻物には、金色の霞《かすみ》が漂う中、山中の険しい坂道を馬で進む貴族の青年の姿が描かれていた。

在原業平《ありわらのなりひら》を主人公とした『伊勢《いせ》物語』、その第九段『東下り』の一場面だ。

右大臣の姫君にして宣能《のぶよし》の妹、数えの十一歳になる初草《はつくさ》の君は、興味津々で身を乗り出し、絵に見入っている。その熱心な様子を微笑《ほほえ》ましく感じつつ、宗孝《むねたか》は文字の読めない彼女のために物語の読み聞かせをしていた。

最近、特別な装置を用いて、自分ひとりでも読み書きができるよう初草も訓練中だったが、それはそれで疲労も大きいゆえに、あいかわらず宗孝にお呼びがかかっていたのだ。

「ゆきゆきて駿河《するが》の国にいたりぬ。宇津《うつ》の山にいたりて、わが入《い》らむとする道はいと暗う細きに、蔦《つた》かへでは茂り、もの心細く……」

主人公の業平はわが身を虚《むな》しいものと感じ、都を離れて東へ東へと旅をしている最中。心細いと描写されているが、山のなだらかな稜線《りようせん》は優美さを感じさせ、岩絵の具による緑の発色もあざやかで、描かれている光景はひたすらに美しい。画面のところどころには金箔《きんぱく》がちりばめられて、暗いどころか黄金《こがね》の光に満ちている。

一流の絵師に描かせたと、ひと目でわかる品だ。初草もこの絵巻がお気に入りで、宗孝はすでに何度もこの絵巻の読み聞かせを務めている。

この時代、貴族の女性《にょしょう》は家族以外の異性には顔を見せないし、直接、言葉も交わさない。御簾《みす》を隔て、女房を介しての対話を進めるのが通常だ。

なのに宗孝は、幼いとはいえ深窓の姫君の私室内に招かれ、間に几帳《きちょう》も置かずに会話をしている。そんな機会は普通はない。それもこれも、初草の兄の宣能が、妹のための安心安全な遊び相手として彼を認めたがゆえだった。

宗孝は絵巻の中の業平をみつめながら、ふと思った。

(中将さまに似ておられるかも……)

厳密に言えば、そんなこともない。この時代の絵画表現として、人物は引目鉤鼻《ひきめかぎばな》――一文字の細い目に「く」の字形の鼻、下膨れの輪郭で描かれるのが定石だった。実際の宣能とは似ても似つかない。が、在原業平といえば、数々の名歌を詠み、恋に生きた理想の貴公子。そう思って眺めれば、下膨れの絵も美男子に見えてくる。

(あのかたの場合は恋に生きてはいないけれど、初草の君のような愛らしい妹がいて、地位にも容姿にも恵まれて、望めば手に入れられぬものなどひとつもないはずなのに、それでも心は満たされず、過去の憎しみにいまだ囚《とら》われ、心の闇路をさまよい続けておられる。業平は業平で、親王さまの子として生まれながら政治の表舞台には立てず、愛した姫君とも引き裂かれた。完璧な貴公子であっても浮世の苦しみからは逃れられぬのか……）

そんなことをつらつらと考えていたところに、

「宗孝さま？」

初草に急に名を呼ばれ、宗孝は「えっ？」と声をあげた。いつの間にか、初草は顔を上げ、絵巻ではなく宗孝をしげしげとみつめている。彼女のまっすぐで穢《けが》れのないまなざしには、宗孝を動揺させるものがあった。

「……あの、何か？」

「いま、ため息を」

「あっ」

宗孝は咄嗟《とっさ》に自分の口を袖で押さえた。幼い少女に指摘されるまで気づかなかったのが、なおさら恥ずかしくもあった。

「すみません、その……少し考え事を」

「何事かありましたの？」

「いえ、特にどうこうという話ではないのですよ。ただ、少々、公務が立てこんでいて、その疲れがたまっていたようです」

「まあ。そのようなときに読み聞かせなどねだってしまって申し訳ありません」

適当に過ぎる言い訳を大真面目《おおまじめ》に受け取られ、宗孝のほうが恐縮してしまった。

「いや、そんな、初草の君に申し訳がられるようなことでは。むしろ、こうして美しい絵巻を眺める機会を頻繁に与えていただけて、こちらが礼を言わねばならないくらいです」

「それは、読み聞かせがお厭《いや》ではないという意味ですか」

「は？」

なぜそんな質問が出るのかと驚いた宗孝が、

「厭だなどと思ったことは一度もありませんとも」

きっぱりと否定すると、初草は嬉《うれ》しそうに微笑み、子供らしいふっくらとした頰にえくぼを生じさせた。

無邪気さ、愛らしさがさらに増し、今様色《いまよう》（薄紅色）の衣をまとっているせいか、まるで撫子《なでしこ》の花のようだった。夏から秋にかけて咲く撫子には、撫《な》でるようにかわいがっている子、愛《いと》し子の意味がある。初草の君にぴったりの花だなと思いつつ、宗孝も彼女に微笑み返し、読み聞かせを再開させた。

不安や憂さを忘れさせてくれる、なごやかな時間が流れていって。宗孝が何気なく庭へと視線を転じると、それほど長居をしたつもりはなかったのに、外はすっかり黄昏《たそがれ》の光で満たされている。

「だいぶ陽《ひ》が傾いてきましたね。では、わたしはこれで――」

「もうお帰りになるのですか？」

「はい。秋の日は暮れるのも早いですから、その前にお暇《いとま》しないと」

「そうですか……。またいらしてくださいますよね」

すがりつくような目をしてそう言われると無下にもできないし、無下にする気も最初からない。また来ますよと約束して、宗孝は初草の部屋から退室していった。早く帰ったところで今日は特に予定もなかったが、まあ、そんな日もあっていいかと気楽に考えていた。

なんとはなしに振り返ると、初草が妻戸《つまど》の入り口に立って見送ってくれていた。宗孝が軽く手を振ると、少女のほうも慎《つつ》ましく会釈を返したのだった。


宗孝の姿が見えなくなっても、初草は妻戸の入り口に所在なげに立ち尽くしていた。彼女付きの女房である九重《ここのえ》――宗孝にとっては九番目の異母姉が簀子縁《すのこえん》を渡ってきて、そんな初草に声をかける。

「いけませんわ、姫さま。高貴な姫君がそんな端近《はしぢか》にお立ちになるなんて」

初草は不満げに唇を尖《とが》らせた。

「どうしていけないの？　宗孝さまを見送っていただけなのに」

「まっ、とんだ後朝《きぬぎぬ》の別れですこと」

後朝とは男女が共寝したあとに迎える朝のことで、一夜明けての別れの切なさは、古くから歌の題材として用いられてきた。

初草は真っ赤になり、「いやだわ、九重ったら」と怒ったふりをして部屋の中に急ぎ戻った。宗孝が座していた円座《わろうだ》のそばに、彼の忘れ物を発見したのはそのときだった。

「これは？」

拾いあげたのは一通の結び文《ぶみ》。手にした瞬間、初草にはピンときた。

「これは……」

「どうかされまして？」

あとから入室してきた九重が、初草の肩越しに彼女の手もとを覗《のぞ》きこむ。

「宗孝の忘れ物ですか？　いかにもな文ですこと」

胸の鼓動が速くなるのを自覚しながら、初草はたいして興味もなさそうに訊《き》いてみた。

「いかにもって？」

九重は少女の強がりを見抜いたうえで、

「いかにも恋文らしいなと……」

初草はたちまち表情を曇らせた。九重もそれに気づき、

「ま、あの宗孝に限ってそれはありませんわね。こういうことに本当に不慣れですから」

姉だからこそ、気安く言ってのけてから、

「あら、でも」

とつぶやいた。初草がこれに反応しないわけがなかった。

「でも、なんなの？」

「いえ、なんでもありませんわ。さ、読み聞かせが終わったのでしたら絵巻物を片づけませんと。その文は、わたくしが弟に返しておきましょうか？」

九重が手をさしのべると、初草は文をぎゅっと握りしめ、かぶりを振った。

「もしかして、宗孝さまに――恋人が？」

思い詰めた目をして問われ、九重も返答に困ってしまう。

「さあ、それはなんとも……。ただ」

「ただ？」

「噂《うわさ》にはなっているようですわね。なんでも、皇太后さまのところの女房に御執心で、頻繁に文を送っているとか」

「女房に？」

「しかも相手は双子の姉妹で、どちらが本命なのか、いまひとつはっきりしないらしく」

「双子の姉妹？」

「色恋に不慣れなくせに、どうしてそんな難しい案件に行ってしまうのでしょうねえ。わが弟ながら驚かされますわ」

九重は妙な点に感心し、初草は初草でふうっと大きく息をついた。

「そういうことなら……。たぶん、恋ではないわ。たぶん」

「そうなのですか？」

「たぶん……」

何度もくり返すのは、いまひとつ確信が持てないからだった。

初草は皇太后の夏の別邸での一件を、朝顔夕顔が盗賊であったことも含めて、宗孝から聞かされていた。さすがにそんな相手に恋文は送らないだろう、用があるのは双子ではなく十の姉ではないのか――と思うのだが、恋に理屈はいらないとも聞くし、貴族の男性が色恋に見境がないのはもはや通例だし、宗孝も所詮は男なのだしと、考えれば考えるほど迷いが生じてくる。それを解消するには文の中身を改めるしかない気がしてきた。

「中を見たら確かめられるかも。九重、読んでもらえる？」

それは……とためらいを見せたものの、九重も好奇心にかられて初草から文を受け取る。

「今回だけですよ。そもそも、ひとさまの文を覗き見したところで、よいことなどひとつもありはしませんからね。『源氏物語』にも、雲居雁《くもいのかり》の君が夫のもとに届いた文を盗み見しようとする場面がありますが、果たせなかったばかりか、あれがきっかけのひとつともなって、夫の夕霧《ゆうぎり》の君は別の妻を迎えるようになり――」

言い訳めいたことをぶつぶつとつぶやきながら、九重は文面に目を通していく。その表情が次第に堅くなり、初草はさらに胸をどきどきさせた。

「どう？　なんと書いてあって？」

「はい……」

待っていられず催促する初草に、九重は眉間に皺《しわ》を寄せ、言いにくそうに教えた。

「先日、ようやくお逢《あ》いできて嬉しかったと……。また、お逢いしたいと……」

「まあ……」

初草は平静を装おうとしたが無駄だった。唇が震えるのをどうしても抑えられない。

「見せて」

ほとんど奪い返すように九重の手から文を受け取り、初草は自分の目で文面を確かめた。

彼女の目には、通常の墨文字も別の色を帯び、独自に動いているように見える。このときもそうだった。宗孝の文字は大地を覆う緑の色だ。明るく活力に満ちた色彩で、動きもまた、のびのびとしている。普段は控えている部分が紙の上では解放されて、喜びに跳ね廻《まわ》っている印象だ。

楽しそう——と、初草は心の中で寂しくつぶやいた。

女人に送る文をこんな気持ちで綴《つづ》るとは、本当に『逢えて嬉しかった』、『また、お逢いたい』のだなと実感し、苦しくなってしまう。が、その一方で、うっすらとした違和感もいだいていた。

「姫さま？　どうでしたか？」

初草の能力を知る九重が、おそるおそる尋ねる。初草は弱々しい声で正直に応えた。

「とても楽しそうよ……。この文の相手に逢えたのが、嬉しくてたまらないのね……」

「まあ……」

「でも……」

「でも？」

「何かが違う気がして」

なんと言い表せばいいのかと当惑しつつ、初草は言葉を選び、文に感じている違和感を伝えるよう努力した。

「嬉しい、嬉しいは伝わってくるのだけれど、それだけというか、天真爛漫《てんしんらんまん》というか」

「いいのですよ、姫さま。単純すぎると言ってくださっても」

「そう……、いえ、そうではなくて……」

初草は近くに広げられたままの美麗な絵巻物へと目をやった。『伊勢物語』の主人公・在原業平は、恋を謳歌《おうか》すると同時に恋に苦しみ、その切なさを歌に詠んでいる。そんな複雑な感情が宗孝の文字からはまったく汲《く》み取れなかったのだ。

物語と現実とは違うのかもしれない。が、初草は実際の恋文、自分の父が母に宛てた文を目にしている。あの文には恋の情熱の他にも、もどかしさや苦しさや不安や期待、さまざまな感情がせめぎ合っていた。目の前の文との違いは歴然だ。

九重が言う通り、宗孝が単純すぎるのか。それとも、父の右大臣のほうが面倒な質《たち》なのか。それとも、この忘れ物は恋文ではないと自分が思いこみたがっているだけなのか。

「わからない……。わたしには右兵衛佐《うひょうえのすけ》さまがわからないわ……」

動揺する初草を、

「姫さま。姫さまは本当に宗孝を好いておられるのですね」

姉としては嬉しく思いますが——と続けそうになり、九重は口をつぐんだ。が、初草も気配でそれと察し、唇をきゅっと強く結ぶ。

幼くとも、初草も理解はできていたのだ。自分は右大臣の家に唯一の女児として生を受けた時点で、何をなすべきか決められているのだと。

望まれているのは、家の存続のため、入内《じゅだい》して次の皇位継承者を産むこと。この時代の結婚はそういうもので、個人の意思を尊重するゆとりはまだない。一族の命運が自分にかかっていると思えば、不平不満を言ってもいられない。恋や愛は、物語を通して眺めるだけでも充分に満たされる。

の、はずだったのに——

初草は居たたまれなくなって、今様色の広袖に顔をうずめた。

「恥ずかしがることはありませんわ、姫さま」

九重に慰められても返す言葉がない。絵物語の業平と同様、恋の迷い路に初草もわれ知らず踏み入っていたのだった。

まさか自分の忘れ物が少女の無垢《むく》な心をかき乱しているとは夢にも思わずに、宗孝はまっすぐ自邸へと戻った。

通いどころもまだない彼は、どこかへ出かけようともせず、同居している父と酒を酌み交わすことにした。同居と言っても寝起きしている建物は別だし、宗孝には公務の宿直《とのい》も付き合いの怪異探しもある。こうして父と子、水入らずで夕餉《ゆうげ》をともにするのも久しぶりだったのだ。

齢《よわい》七十を過ぎる父は腰を痛めて以来、公務も休みがちだった。これを機に引退してはと周囲も勧めるのだが、末っ子長男はまだ従五位《じゅごい》、これでは隠居もできないと、当人は公務の続投を表明している。

そんな父を早く安心させてやりたいと、当然、宗孝自身も思っていた。

「どうだ、最近の公務は」

「そうですね。特に変わったことはありませんが」

「右大臣さまの御子息の中将さまとは？」

「はい、よくしていただいております。そういえば、この間、中将さまの夜歩きにお付き合いいたしました折、通りかかった空き家が、昔、わたしが子供の頃、訪れたことのある場所でした。父上もおぼえておいでですか、十の姉上がかつて御家族と暮らしていた八重藤のある家を――」

と、ごく自然な流れで八重藤の家の話を持ち出すことができた。あの家の住人のことを、父からも聞いておきたいと思っていたのだ。

父は十の姉の名が出た瞬間、盃《さかずき》を持つ手を止めたものの、息子の話に水を差すことはなく、再びゆっくりと盃を口もとに運び出した。宗孝も内心、ホッとして、話を再開させる。

「子供の頃、父上とともにあの家に赴いたときは、残念ながら藤は咲いておりませんでしたが、実は今年、花の時期にあそこをたまたま、覗いたことがありまして。それはそれは見事な眺めでありました」

宗孝が熱心に言うと、父も懐かしそうに目を細めた。

「八重藤か……。あの家に通っていた頃に、何度か満開の花を見させてもらったな。それ以外にも、あそこは花の多い庭だった」

「いまは竜胆《りんどう》の花が咲いておりますよ。紫の花がお好きだったのでしょうね、あの家の主人は」

「うん。十の君の祖父だな。花好きなだけでなく、どことなく不思議な御仁だった……」

父のまなざしが回想に揺れる。宗孝が邪魔にならぬよう黙って待っていると、父はぽつりぽつりと過去を語り始めた。

「わしが十の君の母親と知り合ったのは、男児を儲《もう》けなくては家が絶えるとまわりにうるさく言われ、複数の女人のもとに足繁《あししげ》く通っていた頃だったかな。養子をとる話もあったが、なかなかうまくいかなくてな。いま思うと恥ずかしい限りだが、その当時すでにわしも四十も後半、五十路《いそじ》は目の前で、無駄にあせっていたのかもしれない」

「その努力の甲斐《かい》あってわたしが生まれたわけですから、父上には感謝しかありません」

息子の言葉に、父は照れたように小さく笑った。

「十の君の母と縁を結んでくれたのは、まさしくあの八重藤だったな。夜歩きの途中、あまりに見事な藤を路上から見かけ、すっかり心奪われて長いこと眺めていたら、そんなところからではなく庭に入ってこないかとむこうから招かれたのだよ」

「それはそれは」

花がとりもつ縁。まさに物語のようだと宗孝は感心した。

「父ひとり、娘ひとり、素性は明かせないし、詮索もされたくないと言うから、わしは何も訊かなかった。それで余計に気に入られたのかもしれん。あ、いや、父親のほうにだぞ。十の君の母はどう思っていたか、最初こそは訊くに訊けなかったのでな。わしももう若くはなかったし、彼《か》のひとは二十歳《はたち》そこそこだったたし、おそらく眼中にもなかったはずだが」

「でも、十の姉上が生まれたわけでしょう？　その頃の父上は、光源氏並みだったそうですね」

「光源氏とは大袈裟《おおげさ》な」

「でも現に、七、八の姉上あたりから十二の姉上まで、そしてわたしと、若くはなかったはずのその時期、次々に子宝に恵まれておりますよね」

「こら、父をからかうでない」

睨《にら》みつけるふりをする父に、宗孝がぷっと噴き出したちょうどそのとき、

「まあまあ、楽しそうですわね」

新たな肴《さかな》を、宗孝の母が運んできた。

さすがに彼女の前で、別の妻の話はしにくい。父と宗孝が微妙な顔をすると察したのか、

「秘密のお話ですの？　殿方はいろいろと大変ですわね」

と、笑顔で意味深なことを言って退室していった。

「ふう。あとでこってり絞られそうだな」

額の汗をぬぐうふりをして、父が息をつく。親子でも通るほど年齢差のある夫婦だが、いまでも互いを思いやっている様子が見て取れて、息子の宗孝としては喜ばしかった。

「それで話を戻しますが……、やはり恋がうまくいくコツのようなものがあるのでしょうか。あるのならば、ぜひ教えていただきたいのですが」

「コツも何も、十の君の母親とは、珍しい八重の藤を眺めさせてもらっていたつもりが、まあ、自然に――」

父ははぐらかそうとするが、宗孝も引かない。

「どうしたら自然にそうなれますか」

「だから、自然なものは自然にとしか言えぬわ。いまにして思えば、あの家の主人が、

つまりむこうの父親の仲立ちがあってこそだったろうが、なぜそこまで舅《しゅうと》に気に入られたか、わしのほうが訊きたかったとも。ついに訊けず終《じま》いだったのが悔やまれるがな」

多少の照れ隠しこそあれ、父の言葉からは嘘《うそ》も謙遜も感じ取れなかった。なるほど、相手の身内を味方につければ心強いには違いないなと、宗孝が納得しかけていると、

「わしの昔話はいいから、宗孝、おまえのほうこそ、どうなのだ」

質問の矛先が向けられ、彼は正直に告げた。

「わたしのほうは全然ですよ」

「そうか？　どこぞの女房のもとに通っているのではないかという話を――」

「そんなことはありませんよ。誰かとお間違えなのでしょう」

宗孝は苦笑しながら酒盃を口に運んだが、

「だろうな。双子の姉妹を両天秤《りょうてんびん》にかけていると聞いて、さすがにそれはあり得んと思ったわ」

聞いた瞬間、口に含んだ酒をごぼっと噴き出してしまった。

「なんだ？　実は本当だったのか？」

「違います、違います」

咳《せ》きこみながら否定するも、父はにやにやと笑っている。

「そう恥ずかしがらずに、この父に実のところを打ち明けてみよ。ん？　ん？」

「だから、違うのですよ」

「双子ならば顔も似ていよう。迷う気持ちもわかるとも」

「そういうことではなくて……」

「では、どういう」

「いや、どういうもこういうも、何もないのですから」

十の姉の名を出したら父がまた心配する。そう思うと、とにかく否定し続けるしかなかったのだが、すればするほど泥沼にはまっていく心地がするのだった。


同じ洛中《らくちゅう》であっても、父と子で酒を酌み交わす微笑《ほほえ》ましい家があれば、悪人どもが昼間から延々と飲み続けるすさんだ場所もある。

荒れ寺の隠れ家で、多情丸《たじょうまる》は愛人の宇津木《うつぎ》を脇に侍《はべ》らせ、酒盃を傾けていた。以前から酒好きではあったが、このところ明らかに酒量が増えている。それは宇津木も感じていて、

「お酒はそろそろ終いにしませんか？」

突き出された空の盃をやんわりと拒否するも、多情丸は低くうなって露骨に不満顔に

なった。

「まだ宵のうちだぞ」

「ですが、陽の高いうちから飲み始めておりますもの。お身体《からだ》に障りますよ」

「そうなったら、おまえに介抱してもらえばいい。香の調合だけでなく、薬の調合もできるはずだろう？」

「ええ。若い頃には典薬寮《てんやくりよう》のお役人のもとにいて、そういったお手伝いも少しはさせていただきましたので。けれども、どんな霊薬にも効き目の限りはありますのよ。そもそも臓腑《ぞうふ》をいたずらに痛めぬよう、日頃から酒量には気をつけないと」

「薬に関するその知恵で、よからぬことをさんざんしてきたそなたに言われてもな」

「まあ、非道《ひど》い」

柳眉をひそめ、宇津木は多情丸の脇腹を肘でつついた。

「あなたがそんなふうに酒浸りだから、他の者たちも気が緩んで、まわりも酔っぱらいだらけになって、酒くさいったらありはしない」

寺のそこここに配置させている手下どもに気の緩みが見られるようになったのは、多情丸も薄々感じてはいた。が、

「やつらのことは狗王《くおう》がうまくやってくれる」

そのひと言で片づけ、面倒なことは考えないようにする。宇津木は狗王の名を聞いて、

なおさら不機嫌そうに顔をしかめた。

「お気に入りなのねえ、あの男が」

「妬《や》くな、妬くな。狗《いぬ》のごとく便利だから使っているだけだとも」

多情丸はからからと笑って、再度、盃を突き出した。宇津木もそれ以上、無駄な忠告はせずに、ため息をついてから盃を酒で満たしてやる。

多情丸の酒量が増えているのは、不安をまぎらわそうとしているせいだった。

過去に強盗目的で殺《あや》めた相手が、実は右大臣家の関係者だったと知ったからには、さすがの彼も落ち着いてはいられなかった。この事実はなんとしても隠蔽《いんぺい》しなくてはならない。もしも右大臣に知られたら、彼とのせっかくの良好な関係がもろくも瓦解しかねないのだ。

一方で、悪いことばかりでもない。十郎太がまだ都にいると知れたのは僥倖《ぎょうこう》だった。ずっと捜していた相手。もうとっくの昔に都を出て、東国かどこかへ逃げ去ったと思いこんでいたのに、実はまだ近くにひそんでいたとは。

そうと知った以上、逃すつもりはなかった。今度こそ、あの娘を手に入れる。一度、逃してしまったからこそ、同じ失敗は二度とはしないぞと多情丸は胸に誓っていた。

そのとき、彼らがいる部屋を古い御簾で仕切った先に、足音もなく人影が立った。

「失礼いたします」

御簾のむこう側から声をかけてきたのは狗王だった。

彼が大嫌いな宇津木は、つんと顎を反らして横を向いた。多情丸は愛人の露骨な反応を楽しみつつ、

「いいぞ、入ってこい」と狗王の入室を許可した。

御簾を上げて部屋に入ってきた狗王は、そこに宇津木がいるのも無視して、多情丸相手に報告を始めた。

「先日、お命じになりました右兵衛佐の子細ですが」

「おお、何かわかったか」

「はい」

多情丸が宗孝の存在に気づく以前に狗王は宗孝と対峙《たいじ》しており、彼について大まかなことは知っていた。……のはずなのに、それをおくびにも出さず淡々と告げていく。

「名は宗孝。まだ年若いものの、父親は齢七十過ぎの権大納言《ごんだいなごん》で、姉が十二人もいるのだとか」

「姉が十二人？　父親がなかなかだな」

「ええ。ですが、当人はこれといって目立たない人物だそうです。少なくとも、世間の評判ではそうなっております」

「世間の評判などどうでもいいわ。そんな目立たない若造が、市井《しせい》の陰陽師《おんみようじ》とつるん

で何をやっていたのだ」

「ですから、たまたま出くわした瀕死《ひんし》の男に頼まれて、陰陽師の歳明《としあきら》を訪ねた——というのは事実かと」

狗王の言う通りだったのだが、多情丸は冷ややかに鼻で笑ってのけた。

「では、馬鹿なのだな。大馬鹿者だ。貴族のくせに、ひとが好《よ》すぎる。死に損ないの戯言《ざれごと》など聞き捨てておけば平穏無事に暮らしていられたものを」

追従するように、宇津木もほほほと笑う。狗王だけは無表情のままだ。

ひとしきり笑ったのちに、多情丸はふとつぶやいた。

「齢七十過ぎの権大納言だと……」

しばらく考え、やがて彼は長い舌先でおのれの唇をぺろりと舐《な》めてから言った。

「もしかしたら、それはおれが知っている男かもしれんな」

感情が出ていなかった狗王の顔に、初めて怪訝《けげん》そうな影が差した。

「右兵衛佐をですか？　それとも、権大納言を？」

多情丸は答えず、にやにやと笑っていた。獲物をみつけて舌舐めずりをする、餓えたケダモノさながらの凶悪さだった。

おびえる悪者がおのが気をまぎらわせるために、他者を襲おうと狙う一方で、ただひたすら恐怖に囚われ震えている者もいる。

華やかな右大臣邸の、数多《あまた》の調度品に囲まれた広い一室に、御帳台《みちようだい》と呼ばれる大きな寝台が置かれていた。四本の柱と帳《とばり》を周囲にめぐらせた豪華なその寝台の中で、彼女——弘徽殿《こきでん》の女御《にようご》は苦しげにうめいていた。

数多いる妃《きさき》の中でも、実家の権勢を背景に、後宮《こうきゆう》で一の地位を長年、独占。東宮《とうぐう》である息子が帝位に就けば、彼女は国母《こくも》として皇太后と呼ばれる身だ。気位も高く、気も強く、誰も彼女には逆らえない。

その弘徽殿の女御が、ある出来事をきっかけに体調を崩し、現在、後宮を離れて実家の右大臣邸に身を寄せていた。

そもそもは、愛息が年上の女に入れこんでいると知ったのが始まりだった。

息子にはすでに未来の妻、東宮妃が決まっている。しかし、複数の妃を持っても、別段、問題はない。そんなに気に入っているのなら、更衣《こうい》ぐらいの身分で迎えさせてもよかろうと、女御も気楽に構えていたのだが、相手が誰だか知った途端に、彼女はその考えを捨てた。

梨壺《なしつぼ》の更衣の妹——夫の寵愛《ちようあい》を独り占めしている憎い女の身内であったのだ。夫ばかりか、息子まで奪われてはたまらない、この恋は断固、阻止しなくてはと女御が息巻くのは、当然の成り行きだった。

そのための策として、更衣の妹に縁談を世話することを思いついた。別の男に縁づけて、息子の前から追いはらってしまおうというのだ。相手は妻に先立たれた青鷺《あおさぎ》の宮。宮と呼ばれている通り、皇族に連なる血すじで資産もあり、悪い相手ではない。第一、弘徽殿の女御の推薦ともなれば、断る理由もあるまい。

絶対にうまくいくとほくそ笑んでいたのに、予想外のことが起きた。弘徽殿の女御の夢枕に青鷺の宮の前妻の霊が立ったのだ。

気の強い女御もすっかり参ってしまい、即座に、縁談話をなしにした。

これで霊も鎮まってくれると期待したのに、女御の体調はすぐれぬままで、悪夢もいまだ続いている。今夜も、そのせいで女御はうなされていた。

どこからが現実で、どこからが夢なのか、女御自身にも判然としない。とにかく聞こえるのだ。どこからともなく響いてくる、おどろおどろしげな女の恨み節が。

――宮さまに手を出すな。

――宮さまから手をひけ。

夫を奪われまいとする亡妻は、そのふたつの言葉を何度も何度もくり返している。

いつの間にか、御帳台を複数の影が取り囲んでいた。どれも一様に、長い髪を垂らして顔を隠した小柄な影だ。

影たちは、薄い帳越しに女御を睨みつけて口々に言う。

――宮さまに手を出すなぁぁぁ。

――宮さまから手をひけぇぇぇ。

ひとりの死者の妄執がいくつもに分裂し、女御を責め立てる。女御は生きた心地もなく、激しく息をあえがせた。

もう縁談話は解消したのに、どうしてこうもしつこく死霊《しりょう》がまとわりついてくるのか。悪霊調伏《あくりょうちょうぶく》の加持祈禱《かじきとう》も行ったのに、何が足りないというのか。どうして、どうして、自分ばかりがこんな目に……。

恐怖と口惜《くちお》しさで涙が出そうになった。そんな彼女の肩を、誰かが揺さぶる。

「母上。しっかりしてください。夢ですよ、母上」

幼い少年の声に、女御はハッとして目をあけた。

帳をめくって、数えの十二になる息子の東宮が、御帳台の中を心配そうに覗いていた。髪は左右に結い分けて輪にした、童《わらわ》特有の角髪《みずら》だ。

「東宮……、宮さま……」

こちらの宮さまは、女御が腹を痛めて産んだわが子。青鷺の宮に手を出すなと訴えていた死霊たちは、すでに姿を消していた。あれほどしつこかった恨み節が、もう一切聞こえてこない。

夢だったのだ。

ほうっと、女御は大きく安堵《あんど》の息をついた。

「大事ありませんか、母上」

「ええ、また悪い夢を見ていたようですわ……」

平静を装おうとするが、声がまだ震える。東宮は痛ましげに眉間に皺を寄せた。

「毎夜のようにうなされているそうですね。女房たちから聞いてはおりましたが、こんなに苦しんでおられるとは。わたしが代わってさしあげたいくらいです」

幼い息子に同情されて、女御は恐怖ではなく感激の涙に目を潤ませた。

「宮さまにこれほど案じていただけるなんて……」

息子の東宮はやんちゃで、ときにはお目付役の目を盗んで逃走、お気に入りの小舎人《こどねり》童《わらわ》と気ままに町をぶらついたりするような童だった。女御も正直、手を焼いていた。

そんな破天荒な童が、最近どういうわけか、見違えるような孝行息子に変身したのだ。

女御が夢見が悪くて眠れずにいると聞きつけるや、

「では、わたしが母上の宿直をしてさしあげましょう」

と、右大臣邸に押しかけてきてくれた。そんなことまでしなくてもと言っても、

「宮中ではなかなか難しいですから。こちらにおいでの、いまだからこそですよ」

いったい息子に何が起きたのかと不思議でならなかったが、心弱りをしているときだ

けにその心遣いが嬉しかったのは否めない。女御は目尻に残った涙の粒を指先でそっとぬぐって笑みを作った。

「もう大丈夫ですよ。宮さまのおかげで、悪い夢は退散しましたから」

「ですが、心配です。近々、後宮に戻るおつもりだそうですが、早すぎませぬか？　もうしばらくこの邸《やしき》で休まれたほうが良くはありませんか？」

「そうしたいところだけれど……」

女御の語尾が迷いに揺れる。

にっくき梨壺の更衣も、現在、実家に戻っていた。あちらは無事に姫宮を出産。近々、赤子を連れて後宮に戻る予定だという。赤子の泣き声など聞くのも厭だとあてつけに自分も実家に帰ったが、一方で早めに後宮に戻って睨みを利かせなくてはとの意気込みもある。あるいはこの意気込みが精神の緊張を招き、死霊のつけいる隙を生じさせたのかもしれない。

どうしたものかと悩みはするものの、このまま実家に居続けても、死霊の襲来は止《や》むまい。ならばと、女御は思い切って言ってみた。

「実は、後宮に戻る前に一度、寺社に籠もって神仏におすがりしてはと、女房に勧められたのだけれど」

「それはいいお考えですね」

「宮さまもよろしかったら、ごいっしょにいかが？」

「わたしもですか」

瞬間、見慣れた反抗的な表情が東宮の顔をよぎった。そんな抹香くさいところへは行きたくありませせぬと言いたそうだったが、少年はすぐにその気配を消し、はきはきと応えた。

「喜んでお供いたしますとも」

「ああ……」

女御は母として感動し、わが子をぎゅっと胸に抱きしめた。東宮は苦しげだったが、あきらめた体《てい》で文句も言わず、されるがままになっていた。

女郎花《おみなえし》の章

数台の牛車《ぎっしゃ》が秋の野を進んでいく。付き従う従者の数も多く、これはそれなりに身分のある人物がこの先の霊験あらたかな寺へと詣でようとしているのだろうなと、ひと目でわかる一行だった。

事実、牛車に乗っているのは弘徽殿《こきでん》の女御《にょうご》——右大臣の妹で、後宮《こうきゅう》でも最も尊重されている妃《きさき》だ。しかも、女御の牛車に続く後続車には、彼女の息子、十二歳の東宮《とうぐう》が乗っていた。

体調の悪い母に同行した寺参り。以前の東宮なら、少なくとも自分から進んでそんな真似《まね》はすまい。急に孝行息子となったわけだが、車中の彼は退屈そうな顔をして、物見の窓から外を眺めてはため息を連発していた。

小さな長方形の窓のむこうに、秋草の茂る野が広がっている。萩《はぎ》に桔梗《ききょう》、葛《くず》の花に藤袴《ふじばかま》。奥ゆかしい紫系統の花が多い中、東宮はひときわ明るい黄色の女郎花《おみなえし》に目をとめ、古歌を口にした。

「女郎花……、秋の野風にうちなびき、心ひとつを誰《たれ》によすらむ……」

幾本もの女郎花が秋の野風になびいているが、あのひとはただひとつの心を誰に寄せているのか——恋しい女性を女郎花になぞらえ、片恋のもどかしさを詠《うた》った歌だ。

まだ数えの十二歳。背は小さいし、髪型は角髪《みずら》で、子供子供した印象が強い。恋の歌を口ずさんでも、似合わぬ背のびをしているようにしか見えないが、当人はいたって大真面目《まじめ》だった。

車中には、小舎人童《こどねりわらわ》の小桜丸《こざくらまる》が同乗していた。

彼は、自分と年齢のさして変わらぬ主人が恋に苦しんでいることを知っている。ふたりの橋渡し役を何度も務めてきただけに、そのまなざしには恋に悩む東宮をいたわる気持ちがあふれていた。

「女郎花、わが住む宿に植ゑてみましを——という古歌もあったな。秋はしみじみ、心に染むものなのだな……」

野に咲く女郎花をわが家の庭に植えたい、自分だけのものにしたい。この歌もつまりは、片恋の苦しさを詠じたものだ。何を見ても東宮は片想《かたおも》いの相手を連想していた。それだけ、くたびれているのだろう。まだ寺に到着する前、読経のどの字も始まっていないのに。

「おつらそうですね、宮さま。やはり、こんな慣れぬことは……」

小桜丸のつぶやきに、東宮はゆるく左右に首を振った。

「いやいや、これしきで音をあげてはいられぬとも。宿願成就のために、わたしは心を入れ替え、孝行息子にならねばならぬのだからな」

母の女御に甘やかされて育ち、乱暴な振る舞いも多かった彼が、一転、孝行息子に。もちろん、それは演技だった。

実際の彼は、やんちゃなままだ。お忍びの際には東宮の身分を隠し、春若《はるわか》と名乗るのが常で、いまもそうしたくてうずうずしている。うるさい親のお供で抹香くさい寺詣でなど、なんの楽しみも見出《みいだ》せない。なのに、あえて自分を抑えているのは、当人が言うように宿願成就、ただひとつの恋を貫くためだった。

東宮こと春若は、未来の帝《みかど》となる身の上。未来の妻も、従妹《いとこ》の初草と決まっている。この結婚は、母の女御も強く推していた。初草は彼女にとっては姪《めい》。一族の繁栄を望むのなら、こうするのが当たり前の時代だった。

しかし、春若には心に決めた別の相手がいる。自分よりはずっと年上、宗孝の十二番目の姉、真白《ましろ》だ。

真白のほうは春若の素性を知らず、どこぞの上流貴族の若君が身分を隠して遊び歩いているとしか思っていない。東宮だと知られては真白が態度を変えるやもと心配した春若は、真の身分を隠したまま、彼女に求愛し続けている。

最初こそ、まったく本気にされていなかった。が、ついに春若は真白の前で、

「わたしの恋人は、わたしの妻は未来永劫《みらいえいごう》、真白ひとりだ」

と誓った。一夫多妻が容認されているこの時代では、珍しいことだった。言の葉の上

では「あなたひとり」と詠いつつ、多くの恋人を持つのが平安貴族のたしなみでさえあったのだから。

しかも東宮ともなれば、妃選びはなおさら慎重にならざるを得ない。生まれながらに東宮妃になると定められた初草をさしおいて、真白ひとりというわけにはいかないのだ。第一、弘徽殿の女御が許しはすまい。夫の愛を梨壺の更衣に奪われ、彼女を憎んでいる女御が、更衣の異母妹である真白を愛息の妻に迎えるはずがないと、誰が考えてもわかることだった。それこそ、女御は全力で息子の恋を潰しにかかるだろう。

そんな中、思いも寄らぬ協力者が現れた。従兄《いとこ》の宣能《のぶよし》だ。

妹の初草を溺愛する彼は、「わたしは初草をみすみす不幸にするような入内《じゅだい》は望まない」と明言し、初草の入内を反故《ほご》にし、春若が真白を妻として迎える策を考えると申し出てきた。ただし、その策には四、五年はかかるとも言った。

四、五年は長いと春若も思ったが、一方、その頃には自分も凛々《りり》しい青年に成長し、真白よりも背がのびているに違うまいと想像しただけで胸が躍った。宣能自身は昔から何を考えているか不明で苦手な相手だったが、贅沢《ぜいたく》は言っていられなかった。

かくして、春若は宣能と協定を結んだ。母の前で孝行息子を急に演じ始めたのも、「くれぐれも女御さまに本心を悟られぬように。面倒を避けるためにも、できれば従順な孝行息子を演じていただきたい。女御さまに不信感をいだかれれば、元服が早められ、形だけでも初草との婚儀が決行されかねない。そうなっては、すべてが無駄になるのですからね」

　と念を押されたゆえだったのだ。

　言われた通り、春若は真白への想いを胸に秘し、母に対しては孝行息子を演じることにした。これがなかなかきつかった。がんばってはいるものの、心を許している小桜丸の前ではついつい愚痴も出てくる。

「しかし、わたしまで寺参りをさせられるとは思わなかった……。今日いっぱいはなんとか耐えてみせる気でいるが、泊まりとなるとさすがにつらいな」

「では、ひと足先に東宮御所へ戻られては」

「いいのか、それで」

「孝行息子のふりが続けられなくなる前に退散なさるのが吉かと」

　小桜丸も、これでは長く保《も》つまいと現実的な判断を下したのだ。

「明日は博士を招いて早朝からの講義があるので、今日のうちに帰らせていただきますとでも申しあげてはいかがでしょう」

「おお、それでいこう」

「嘘《うそ》ではありませんし。本当に明日の朝から講義がありますので」

「そ、そうだったか……」

春若は再度、ため息をつき、窓の外に目を向けた。

秋草の茂る野を過ぎ、林の中のゆるい坂道をのぼっていった先に、寺院の山門が見えてきた。門を過ぎて寺域に入ると、先触れを受けた僧侶たちがずらりと並び、女御一行の到着を待ち構えていた。偶然、居合わせた物詣での老若男女までもが、誰が来たのだろうと興味深そうに一行を見ている。

牛車が仏閣の前に横付けされて、降車用の踏み台が用意された。従者たちが車のまわりを囲み、野次馬たちの無遠慮な視線から女御を守ろうと身構える。

いよいよ御簾《みす》が上げられ、陽《ひ》の光のもと、女御が堂々と胸を張って現れた。まとっているのは表は紫、裏は二藍《ふたあい》（やや薄い紫）の、萩重《はぎがさね》の袿《うちき》。萩そのものはしとやかな印象の花だが、紫はそもそもが高貴な色。その濃淡で身を飾った女御は、まさに女帝の貫禄《かんろく》だった。悪夢にうなされ、おびえて涙ぐんでいたのが嘘のようだ。

見守る参詣者たちの間からは、おおと感嘆の声があがった。女御は至極満足げだ。春若にとっても誇らしかった。

なんといっても、彼には実の母親。こうして、表面上でも気力を取り戻してくれたのは喜ばしかった。息子の恋に介入さえしなければ、元気でいてくれたほうがいいに違いないのだ。

女御に遅れて、春若も降車する。彼も参詣者たちから注目された。

まあ、なんてかわいらしい童《わらわ》、との声が聞こえたが、春若は少々、顔をしかめた。嬉《うれ》しくないわけではなかったが、できれば、素敵だとか凛々しいとか、そういう賞賛が欲しかったのだ。そんな評価が得られるようになるには、実際、四、五年はかかるだろう。（それまでの辛抱だ。まずは今日一日をうまく乗り切らないと……）

目の前に差し迫っている課題に、春若は意識を振り向けた。彼が見ていたのは、女御が降りたあとの牛車だった。

同乗の女房が遅れて、牛車から降りてくる。そして最後に、小柄な少女も。

今様色の袿を身に着けた愛らしいその少女は、春若の従妹で許嫁《いいなずけ》の初草だった。

叔母《おば》の女御と同じ牛車に乗って、初草は木々に囲まれた寺院へとやってきた。

後宮に戻る前に寺詣でをしたい。できれば、ひと晩籠もって、じっくりと勤行《ごんぎょう》してもらいたい。初草の君もぜひいらっしゃいな。——と、女御直々にせがまれて断れなかったのだ。

悩みを背負った者が籠もるにはうってつけの、落ち着いたたたずまいの寺院だった。もうひと月か、ふた月すればまわりの木々は紅葉し、さらに美しい景色を見せてくれただろう。が、そうなれば紅葉を目当ての参詣者も増えただろうし、いまぐらいのほうがちょうどいいのかもしれない。

それでも、参詣者は少なくなかった。この寺の本尊は貴賤《きせん》を問わず、迷える衆生《しゅじょう》をお導きくださると有名で、なるほど貴族や武士、町の衆と、集まった参詣者は老若男女さまざまだ。

初草は彼らに見られている恥ずかしさから、広袖で顔を隠して女御に続き、いそいそと寺院の中へと上がった。いっしょに来ていた複数の女房たちも、女御と初草を取り囲んで奥へと進む。

初草お気に入りの九重は、今回同行していなかった。

「姫さまが心配ではありますが、わたしが梨壺の更衣さまの妹だと女御さまに知れますと、いろいろとまずいように思われますので」

と言われては仕方がない。九重がいない心細さを圧《お》し殺して叔母についてきたものの、

（東宮さままでごいっしょだなんて……）

正直、気は重かった。

生まれる前からすでに決められていた結婚相手。初草は彼が苦手だった。乱暴者で気まぐれな彼がずっと怖かったのだ。

ただ、最近多少、春若への苦手意識は薄らいできた。乱暴者の春若が宗孝《むねたか》の姉の真白に恋をしたと知ったからだった。

ならば、自分は形ばかりの妻となり、春若のことは真白の君にお任せしようと思った。

宗孝にその考えを告げると、あまりかんばしい返事は得られなかった。愛し愛される幸福な結婚をして欲しいと、宗孝が望んでくれるのはありがたいが、そもそも、相手が春若では無理なのだ。そこが彼はわかっていない。

幸い、春若もこちらには関心がない様子だった。ならば、叔母にしっかりくっついていれば大丈夫だろうとは思った。

実際、春若とは接する暇もなく、寺に着いてからすぐに加持祈禱《かじきとう》が始まった。

本堂に響き渡る、大勢の僧侶たちの読経。ご本尊の観音像は見上げるほどに大きく、天蓋から幾すじも下がった瓔珞《ようらく》はきらきらと光り輝いて、こういう場だからこその荘厳さをしみじみと感じさせる。

こたびの参詣は、体調のすぐれない女御の健康を祈るためのもの。初草も小さな手を合わせ、どうか叔母上のお身体が早く良くなりますようにと心から祈った。

ありがたい読経が終わって、

「疲れませんでしたか、初草」

他には厳しい女御も、かわいがっている姪には優しく声をかけてきた。

「いいえ、ちっとも。ありがたいお経に、心が洗われるようでしたわ」

御簾に囲まれた屋内に引き籠もり、建物の端近《はしぢか》にも寄ってはいけないと常日頃、言われている身にとっては、寺社仏閣に詣でること自体が滅多にない娯楽だったのだ。

「ならば、よかった」

女御は笑顔で檜扇《ひおうぎ》を揺らめかせた。

「こちらの寺は庭の美しさも格別だとか。この機会に、少し歩いてみてはどうです？　宮さまといっしょに」

初草が返事をする前に、女御は几帳《きちょう》を隔てた先にいた春若に声をかけていた。

「初草の君をよろしくお願いしますわね、宮さま」

几帳のむこうにいた春若も、突然の命に驚いた様子だったが「……はい」と応えた。

こうなると、初草もいまさら、疲れたから歩きたくないですとは言えなくなってしまった。

仕方なしに、春若とともに庭へと出た。ふたりから距離をだいぶ置いて、春若付きの小舎人童もついてくる。

小舎人童の小桜丸は十二分に距離をとっていたし、こちらの庭へは普通の参詣者も入ってこられないので、他者を気にする必要はなかった。うまい具合に配置された木々のむこうには、五重塔の屋根が見えて眺めも良い。

ぶっきらぼうに春若が言った。

「池のまわりを歩こうか」

「はい……」

以前からの苦手意識が身の内に甦《よみがえ》ってくるのを感じながら、初草は春若の後ろをついて歩いた。

赤紫の萩の花が咲いている。池のまわりに配置された岩の形なども面白い。林からは鳥のさえずりが聞こえてくる。暑すぎも寒すぎもせず、微《かす》かな風が心地よい。散策するには絶好の場所だが、初草の緊張は解けない。

池のほとりで春若が立ち止まった。初草も離れて立ち止まる。もっと離れた位置で、小桜丸が立ち止まった。春若たちの邪魔にはならず、しかし会話は聞こえるぎりぎりの距離だ。

池の水面《みなも》をみつめながら、春若はおもむろに初草に告げた。

「話をしなくてはならないとずっと考えてはいたのだ……」

思い詰めたような口調に、初草の緊張はいや増した。できれば逃げ出したかったが、退路には小桜丸が心配そうに立っている。初草はおどおどしながらも「はい、なんでしょう……」と応えた。

「わたしには好いた女人《にょにん》がいる」

唐突に切り出してきたものの、そのこと自体は初草も承知していたので驚かなかった。

「はい……。右兵衛佐《うひょうえのすけ》さまの、十二番目の姉君ですよね」

春若は目を丸くして振り返った。

「なぜ、知っている」

「わかりますもの。今年の春、桜を観《み》に行った折に、十二の君とそれはそれは楽しそうにされていましたから」

「あ、ああ……」

「ですから、気を遣ってくださらなくてもよいのです。むしろ――」

むしろ、胸のつかえがすっと下り、解放されたような心地がしていた。この勢いのまま、いまこそ自分の希望を言ってしまおうと、初草は袖の中でぐっと手を握りしめる。

右大臣家の姫には叶《かな》うべくもない願いだが……。

「十二の君をこそ大事になさって、わたしとの結婚は形だけのものにしてください」

春若の目が驚きでさらに大きくなった。小桜丸も絶句している。言った初草も身震いしていたが、前言を撤回するつもりは毛頭なかった。

春若は空を見上げ、池を見やり、ひと通り視線を周囲にめぐらせてから言った。

「いや、それは困る」

「なぜです」

初草は思わず声を大きくし、半歩前に踏み出した。春若は踏みこまれた分だけ後ろにさがり、首を横に振った。

「真白にわたしは誓ったのだ。『妻は未来永劫、真白ひとりだ』と」

今度は初草がを目を瞠《みは》る番だった。

「えっ？」

「だから、たとえ形だけであろうとも、真白以外の相手とは結婚できない。すまない、初草。どうか、こんなわたしを許して欲しい。いや、むしろ思いきり罵倒してくれ。東宮妃として入内する日をきっと待ち望んでいただろうが、そこはもうすっぱりとあきらめて欲しいのだ。わたしはただひとつの愛を、ただひとりのひとに捧《ささ》げると誓ったのだから……！」

予想を遥《はる》かに超えた宣言に、初草は固まってしまった。小桜丸は震えるばかり。言いたいことを一気呵成《いっきかせい》に言い終えた春若は、口を真一文字に結んだ真っ赤な顔で仁王立ちになっている。

長いとも短いとも言えない時間が流れていく。そこから最初に抜け出したのは、初草だった。彼女は大きく息をひとつつくと、毅然《きぜん》と胸を張り、

「わたし、応援します」

これこそ、予想の斜め上を行く反応だったのだろう、春若と小桜丸は主従そろって驚愕《きょうがく》の表情を浮かべた。

「ま、誠か」

「ええ」

初草はきっぱりと肯定した。それでも、春若はまだ戸惑っている。小桜丸もだ。

「わたしはてっきり、昔のようにまた泣かれるかと……」

「泣いて欲しかったのですか？」

「いや、全然そんなことはないのだが」

初草が本気であることをようやく理解して、春若は言った。

「実は、中将にもこの話はしてあるのだ」

「兄にですね」

近衛中将《このえのちゆうじよう》は宮中に四人いるが、この流れならば兄の宣能に違いあるまいと初草は思った。

「聞いていたのか？」

「いえ、そこまでは」

「そうか。あの中将め、妹をみすみす不幸にするような入内は望まないと言いおった」

「まあ……」

「わたしが孝行息子を演じ始めたのも、中将の進言があったからこそだ。でなければ、こんな抹香くさい寺には来ないぞ」

小桜丸が小声で「寺が抹香くさいのは当たり前ですけれど……」とつぶやいたが、春若は聞き流した。

「あやつは妹の入内を反故にして、真白を妻に迎えさせる策を考えるから、四、五年待てと大口を叩《たた》きおった。その間、母上に本心を悟られぬよう、従順なふりをしていろと小癪《こしやく》にも要求してきたのだ。本当にずうずうしい男だ。いろといろいろと腹は立つが、まあ、仕方がない。他に手立てがないのだからな」

間々に不平不満を挟みつつ、春若は洗いざらいを初草に打ち明けた。

「……兄の無礼を代わってお詫《わ》び申しあげます」

殊勝に頭を下げつつ、初草は内心で歓喜に震えていた。

あの兄なら、妹のために危ない橋を渡ることも厭《いと》うまい。四、五年かかってでも、妹の入内を反故にする策を考えつくかもしれない。そうすれば、親の決めた政略結婚ではなく、自分自身の意思で恋をし、真に愛するひとと結ばれるという夢物語が実現するやもしれないのだ。

（わたしの真に愛するひとは……）

宗孝の優しい笑顔が自然と頭に浮かび、初草は頬を染めた。あきらめねばならないと思いこんでいたのに、そうしなくても済む可能性が出てきただけでも心は弾む。

その一方で、また別の不安があった。

兄の気持ちは本当にありがたいのだが、目的のために手段を選ばず突き進み、結果、彼自身やまわりの者をも犠牲にしかねない、そんな不安定さがなきにしもあらずだった。宣能に自覚があるのかどうか、自覚した上でそれでもいいと放置しているのか。そこを初草は案じていた。

春若には初草の繊細な気持ちなど汲《く》み取れるはずもなかった。

「そういうわけなのだ。しかし、本当によいのか、初草」

「はい」

「本当に本当によいのだな。東宮妃になれば、いずれは女御に、皇后にと、女人としての栄華を極められるが、その未来にまったく未練はないと――」

初草は顔を上げ、ぐだぐだと言い募る春若をまっすぐにみつめた。少なくとも、彼に対する姿勢だけは決まったのだ。

「わたしは全力で東宮さまと十二の君の恋を応援いたしますわ。そうすることが、わたしにとっても東宮さまにとっても良きことだと思いますもの」

「お、おぉ……」

初草の言葉に嘘も打算もありはしないと、春若もようやく理解してくれた。

「お話がはずんでいるようですわね」

「なんてかわいらしいおふたりなのでしょう」

「本当にお似合いですこと」

庭に出ている東宮と初草の姿を御簾の中から眺めつつ、お付きの女房たちが口々にふたりを褒めそやす。女御も脇息《きょうそく》にもたれ、少年少女を目を細めて眺めていた。

おとなしい初草が、元気すぎる東宮を敬遠していることは、以前から感じていた。いずれ成長すれば、東宮も少しは落ち着くだろうし、初草も無闇に怖がらなくなるだろうと期待はすれど、いささか不安ではあった。

しかし、このところの東宮は生まれ変わったかのような従順な孝行ぶり。これなら初草も安心するのではないか、いまのうちにふたりの距離を一気に縮められまいか――と女御は考え、初草を参詣に誘ったのだった。

自分の思惑通りに事が進んでいる。そのことが、かつての自信を彼女に取り戻させつつあった。

霊験あらたかな菩薩《ぼさつ》像の前でたっぷりと読経をしてもらえたし、しつこい死霊《しりよう》も退散したに違いない。念のため、今宵《こよい》ひと晩、御仏《みほとけ》のお膝元で過ごすことになっている。この神聖なる場所にまでは、さすがの悪夢も侵入できまい。これでようやく、自分は晴れ晴れとした心地で後宮に戻っていけるのだ。

そんな期待を胸にいだき、女御は檜扇の陰で大らかに微笑《ほほえ》んでいた。

あまり遅くならないうちにと、春若は小桜丸を伴って寺を離れ、東宮御所へと帰っていった。天候が怪しくなってきたのは、それからすぐだった。

きれいに晴れ渡っていた空がたちまち曇り、雨が降り始めた。それもかなり激しい。女御たちは最初から寺に一泊するつもりでいたので、別段、困りはしなかったが、参詣者の中には足止めを食らって急遽《きゅうきょ》、宿泊を決めた者も少なくなかった。

「寺がいつもより騒がしくて申し訳ありませぬ」

恐縮した高僧は、弘徽殿の女御に深々と頭を下げて詫びた。

「このような大雨の中、信徒を追い出すわけにもいかず、女御さまにはご不快な思いをさせてしまいまして、なんと申しあげてよいのやら」

同行の女房や初草も女御が不快がるのではと案じていたが、

「そう、お気になさらず」

上機嫌な女御は檜扇を揺らし、事態を鷹揚《おうよう》に受け止めた。

「こちらの御仏は、迷える衆生を貴賤を問わずに救済してくださる尊いおかただと聞いておりますもの。こうして雨に降りこめられ、同じ寺院で同じ夜を迎えることになったのも他生《たしょう》の縁。無下にはできませんわ。なんの不快がありましょうや」

「おお、なんと広い御心でしょうか。女御さまこそ、観音菩薩の生まれ変わりでございます」

高僧に持ちあげられて、女御はますます機嫌をよくし、ほっほっほっと笑った。お付きの者たちがホッと胸をなでおろしたのは言うまでもない。

昼間、牛車に長々と揺られて移動してきた疲れもあって、女御たち一行は早々と床につくことになった。さすがに天蓋付きの豪華な御帳台《みちようだい》は望めなかったが、厚い畳を敷き、清潔な寝具を重ねた、申し分のない臥所《ふしど》が用意された。

雨は依然降り続いて、風の音も凄《すさ》まじい。心細さから女房たちは同僚同士で固まり、初草も女御と枕を並べて横たわる。

女御はすぐに寝つけたようで、隣からは規則正しい寝息が聞こえてきた。初草は慣れない場所で迎える夜に、なかなか寝つけないでいる。今日は春若の驚くべき決意を聞かされたのだから、なおさらだ。

暗闇の中、初草は外の風雨の音に耳を傾けつつ、東宮が選び取った道はなかなか険しいと考えていた。

あのやんちゃな東宮がいつまで孝行息子を演じていられるのやら。当人が破綻する以前に、女御が息子の本心に気づく可能性もある。それでも、「妻は未来永劫、真白ひとり」と宣言できる彼の強さは、初草の目にまぶしく映った。

(十二の君はなんてお幸せなかたなのかしら)

年上の真白は春若の恋を本気にしていないふうだったが、四、五年かけてじっくり求愛されれば、いずれほだされそうな気はする。しかも相手が未来の帝だと知れば、大抵の女人は心動かすだろう。

(それに引き替え、わたしの恋は)

宗孝からは子供扱いしかされていない自覚があった。彼が皇太后の女房に恋文を送っているという噂《うわさ》も、詳細はまだはっきりしていない。

(そして、お兄さま……)

以前、宣能は妹の頭をなでながら、「あと四、五年もして初草が大人になる頃には、すべてがうまくいっているよう、この兄が取りはからう」と約束してくれた。春若に対しても、事を進めるのに「四、五年かかる」と告げているらしい。ひょっとして、四、五年かけての具体的な策が、兄の頭の中にはすでにできあがっているのかもしれない。頼もしくあると同時に、心配でもあった。その気持ちを初草が正直に口にすると兄は、

「心配はいらない。わたしはとうに怖いものなどなくなっているよ」

と応えたものの、初草はその言葉に嘘のにおいを感じ取っていた。

自ら進んで物の怪《もののけ》を探しに行く兄に怖いものなどあるはずがない——のではなく、実際、何かを怖がっているような気がしたのだ。それが何かまではわからなかったが。

期待と不安がない混ぜになっている。自分の恋も、春若の恋も、兄のことも何もかもに。

(どうか、仏さま、みなをお守りくださいますように……)

夜具の中で手を合わせ、初草はこの寺の本尊に向けて祈った。

御仏の救いの声は聞こえなかったけれども、真摯に祈っているうちに気持ちも次第に落ち着いて、やっとうつらうつらしてきた。このまま眠りに落ちていけそうだったが——

ひゃあっと小さな悲鳴がどこからか聞こえ、初草はぱちりと目をあけた。部屋は暗く、何も見えはしなかったが、微かな物音と誰かの話し声が近づいてくるのがわかった。

「ああ、いやだ。雨漏りのおかげでこんなに濡《ぬ》れてしまったよ」

「足止めを食った挙げ句にこれとは、災難だねえ」

「古い寺なんだから仕方がないさね。わたしらがねぐらにしている御堂だって似たようなものだろ。ほれ、こっちにおいでな。ここなら乾いているから」

板戸一枚隔てたむこう側に、複数の何者かが腰かけたようだった。声の感じからすると、もう老境にありそうな女が三、四人程度。しゃべり口調はあけすけで、身分は高くないと感じられた。おそらく、この大雨で寺に足止めを食った市井《しせい》の参詣者なのだろう。

あの『源氏物語』にも、似たような場面はある。光源氏がとある家に一夜の宿を借りたところ、板戸一枚隔てたむこう側の会話を耳にして、そこに人妻の空蟬《うつせみ》が寝ていると知り、忍んでいって彼女と関係を結んだのだ。

いま聞こえてくるのは老女たちの会話で、艶《つや》めいた要素は欠片《かけら》もない。

「そういえば、昼間にずいぶんと立派な牛車の一行を見たけれど、あのかたたちもここに泊まっていなさるのかね」

「そのようだよ。きっと丁重にもてなしてもらっているんだろうねえ、わたしらとは違ってさ」

その通り、十二分な食事と温かい臥所を用意してもらい、なんの不自由もなく過ごさせてもらっている。決まり悪くなった初草がもそもそと動くと、隣で静かに寝ていた女御が急に寝返りを打った。

初草はドキリとして動きを止めた。

女御もそれっきり動かない。

板戸のむこうの女たちは、何も気にせずに話し続けている。外の雨音が大きすぎて、こちらの気配などまるで感じられないのだろう。

「いったい、どこのお貴族さまなのかね。うらやましい」

「それがねえ、確かじゃないんだけれども」

「なんだい、あんた、知ってるのかい」

「だったら早く教えなよ」

「だから確かじゃないんだってば。それらしいことを寺の若い衆がしゃべっていたのを、ちらっと小耳に挟んだだけで」

「で、どこのどなただって？」

「たぶんだけど――」

たっぷりと含みのある間をおいて、女たちのひとりが言った。

「弘徽殿の女御さまじゃないかねえ」

ひゃはっと、異口同音の奇声があがった。

「あの女御さまかえ」

「それが本当だとしたら、こりゃまた奇《く》しき御縁だこと」

「ははは、違いない」

女たちは品のない笑いをほとばしらせた。じっとしていられずに床をバンバンと平手で叩いている音まで響く。

「これこれ、あんまり騒ぐと寺の者に怒られちまうよ」

たしなめる仲間にしても、語尾が笑いにかすれていた。いったい、彼女たちは何をそんなに面白がっているのか。

悪い予感が、初草の胸に染みのように広がってきた。

（もしかして、まさかの……）

自分の直感が当たっていたとしたら最悪のことになる。どうか、はずれていますようにと初草は祈った。万が一、当たっていたとしても、女御さまに彼女たちの会話が聞こえていませんようにと。

弘徽殿の女御は微動だにしていない。眠っているのかもしれないが、寝息が聞こえてこないのが怖い。代わりに、初草の耳には自身の心臓の鼓動が大きく響き渡っている。

隣室の女たちは笑い混じりのひそひそ声で楽しげに語らい続けていた。

「なんでも、悪夢が続いておいでなので、加持祈禱をお願いされたんだとか」

「悪夢ぅ？　気がお強いと、もっぱらの噂の女御さまが？」

「悪《あ》しき死霊に祟《たた》られているのやもしれないと、お付きの女房が洩《も》らしていたそうだよ」

「なんだい、弘徽殿の女御さまは誰かを殺しなさったのかい？」

「それがさぁ」

ニヤニヤ笑いが目に浮かぶような口調で、女が言った。

「青鷺の宮さまの前妻の霊が、夢枕に立つんだと」

数瞬の間があって、どっと笑い声が生じた。当人たちもまずいと思ったのか、しーしーと、静かにするよう互いを諫《いさ》める声が混じる。それでも、くっくっと抑えた笑いが長く続いた。

「はぁ、おかしい。そうかい、そうかい、よっぽど効いたんだねえ。わたしらの芝居が」

突然、女たちのひとりがおどろおどろしげな声を発した。

「宮さまに手を出すなぁぁ。宮さまから手をひけぇぇ」

再び、どっと笑いが起こる。しーしーと諌める声さえも楽しげだ。

が、初草はぎゅっと胸が締めつけられたような痛みを感じて硬直した。

(間違いない、稲荷社《いなりしや》の専女衆《とうめ》だわ……!)

稲荷社の裏山をねぐらにした、老齢の巫女《みこ》集団。彼女らは専女衆を名乗り、稲荷社の参拝客を目当てに占い稼業を営んでいた。

ひょんなことから、宗孝と宣能は彼女たちと知り合うようになり、その話を初草も聞かされていたのだ。

弘徽殿の女御が、真白と結婚させようとした青鷺の宮は、すでに家の女房と恋仲になっていた。その女房の生き別れの母親が、現在、専女衆を束ねている大専女《おおとうめ》の淡路《あわじ》だった。

身分が低いがゆえに、母だと名乗りをあげられない淡路は、自分の娘が青鷺の宮に捨てられ、不幸になるのを危ぶんでいた。そこで宣能が入れ知恵をし、宮の前妻の死霊を専女衆に演じさせて女御を脅かし、縁談話をなしにさせたのである。

そんな事の真相を、いちばん聞かせてはいけない相手が、すぐ隣に横たわっている。

初草は全身に冷や汗をかいているのを自覚しつつ、そうっと女御の様子をうかがってみた。

真っ暗で何も見えないはずなのに、心の目が感じ取ったのだろうか、叔母の横顔がなぜかくっきりと視認できた。

女御はカッと目をあけて天井を睨《にら》みつけていた。無表情ではあるが、内心、怒りがたぎっているのは疑うべくもない。

万事休す。そう悟った初草は、おそろしさのあまり、気を失ってしまった。

——次に彼女が意識を取り戻したときには、もう朝になっていた。

雨はいつの間にかあがって、明るい陽光が室内に射しこんでいる。小鳥のにぎやかなさえずりも聞こえてくる。

そして、隣に女御はいない。専女衆の話し声も気配もない。

(あれは夢……?)

初草はのろのろと半身を起こして、頭を左右に振った。

弘徽殿の女御が死霊の正体を知ってしまうなど、絶対にあってはならない。慣れない場所で雨夜を迎えたせいで、妙な夢を見たに違いあるまい……。

そうであって欲しいと初草が願っているところに、女房のひとりが様子を見に現れた。

「お目醒《めざ》めですのね、姫さま」

「ええ。女御さまは……」

「いま、朝餉《あさげ》を召しあがっているところですわ。姫さまはお疲れの様子なので、もう少し寝かせてあげてほしいと仰《おお》せで」

「いいえ、もう起きるわ。着替えを手伝って」

初草は起きあがって女房を急かし、寝汗に濡れた夜着から袿へと着替えた。

はやる思いを抑えながら、さっそく簀子縁《すのこえん》を渡っていくと、別室から女御のほがらかな声が聞こえてきた。入室すると、朝餉はもう食べ終えたのか、女房たちに囲まれた女御は、几帳を挟んで寺の高僧と親しげに語らっていた。

「あら、初草。もっとゆっくり寝ていてもよかったのに」

女御は初草にも優しく声をかけてくれた。機嫌も顔色も、かなりいい。

やはり、昨夜のことは夢だったのだ。初草はそう思って、ホッと息をついた。

「いいえ、あの、天気も良いですし、もう起きないとと……」

初草がごそごそと適当に言うと、女御はうなずき、

「そうですね。本当によく晴れていること。ときに、御坊《ごぼう》」

彼女はごく自然な感じで高僧へと話題を振った。

「昨夜の雨で、こちらの寺には大勢の参詣者が足止めされていたようですけれど」

「ええ、あの雨の中を追い出すわけにも参りませんでしたので。女御さまにはご不快な思いをさせてしまい、大変申し訳なく……」

「いいえ、とんでもない」

女御は穏やかな笑みをたたえて首を横に振ってみせた。

「昨夜も申しましたが、身分の上下に関係なく受け容《い》れてくださる尊い仏さまと聞いておりましたから、全然。むしろ、思いがけず、民草《たみくさ》の面白おかしい話などが洩れ聞こえてきて、なかなかに楽しかったですわ」

てっきり、うるさくて眠れなかったと叱責されるやもと身構えていた僧侶は、そうではないと知って、いっそう頭を低くした。

「ありがたいお言葉でございます」

「あれはどちらの女人たちなのか……。三、四人ほどのにぎやかな老女たち……。話が本当に面白くて……」

つぶやきながら、女御は考えこむように視線を彼方《かなた》へと向けた。

叔母のその姿に、地を走る小さな生き物を遥か上空から静かに狙っている鷹《たか》を連想して、初草は息が詰まりそうになった。お願いだから、誰も何も言わないで、と彼女は必死に願った。しかし、

「ああ、それならば」

高僧が満面に笑みを浮かべて言った。

「稲荷社の専女衆でありましょう」

「専女衆？」

女御の目が冷たく底光りしたのを、初草は見た気がした。ただし、そう感じたのは彼女だけのようだった。高僧などは求められた情報を女御に正しく提供できたことで、無邪気と評していいほど嬉しそうだった。

「稲荷社の裏山に住む巫女たちの呼び名でございます。占いだの厄よけの祈禱だのをよくやる者たちで、歌舞音曲《かぶおんぎょく》も達者ですし、きっとしゃべりも達者、面白おかしい話を数多く知っておりましょう。その中に、俗人であった頃からこの寺に信心しておりました者がおりまして、いまでも時折、参詣に参るのですよ。さて、昨日も仲間の巫女を連れて、こちらに来ていたやもしれません」

「巫女ですか……。なるほど、それは面白いこと……」

うんうんと女御がうなずく。

「昨日のことも今日のことも、何もかも御仏のお導き。本当にこちらに来て良かったですわ」

「もったいないお言葉でございます」

感激して高僧が平伏《へいふく》する。女房たちも女御に同調して、うんうんとうなずいている。

初草だけが違っていた。叔母が何を考えているのか、想像するだに怖すぎて、彼女は声も出せなかった。

藤《ふじ》袴《ばかま》の章

その日の午後、父の右大臣とともに帰宅した宣能《のぶよし》は、車宿《くるまやどり》にすでに別の牛車《ぎっしゃ》が入っているのを遠目に見て、胸の内でつぶやいた。

(女御《にょうご》さまはもうお戻りか……)

弘徽殿《こきでん》の女御が初草《はつくさ》を伴って、寺籠りに出かけていったのは昨日。たった一泊でなく、もっとゆっくりしてくださってよかったのにと思う反面、妹を人質にとられたようで気にかかってもいたのだ。

女御自身は、姪《めい》でもあり愛息の未来の妻でもある初草をよくかわいがっている。自分がたどってきたのと同じ道——帝《みかど》の妻となり、次の皇位継承者を儲《もう》ける——を初草にも歩ませたがっているのは、一目瞭然だ。

しかし、初草にしてみれば女御のその期待も重かろう。まして、春若《はるわか》まで同行すると聞いて、大丈夫かと宣能も案じていたのだ。抜けられない公務と日が重なっていなければ、自分も寺籠りに参加したいくらいだった。

息子が女御の牛車を気にしているのを察し、右大臣が苦笑混じりに言う。

「女御さまは、もうお戻りのようだな」

「ええ。もっとゆっくりされるかと思っておりましたが」

「美男の僧侶でもいたならともかく、そうでないのなら寺籠りも退屈だろう」

そんな会話を交わしていたところに、女房の九重《ここのえ》が近づいてきた。

「お帰りなさいませ。女御さまがお待ちかねでございますよ」

「ああ、そうだろうね」

右大臣は低く短く笑った。

「あれこれ話したくて仕方ないようだな。遠出をしたあとには、よくあることだ」

「はあ、ですが、あの」

九重は言いにくそうに付け加えた。

「姫さまも中将さまをお待ちで……」

宣能が父の右大臣にちらりと視線を送ると、むこうはいつもと変わらぬ落ち着いた体《てい》で言った。

「行ってあげなさい。女御さまの御機嫌うかがいは、わたしひとりで充分だから」

そうさせてもらえると宣能もありがたかった。では、と父親に形ばかり頭を下げて、彼は九重とともに妹の部屋へと向かった。

まだ陽《ひ》が暮れてもいないのに部屋には夜具が敷かれ、そこに初草が横たわっていた。二階厨子《にかいずし》の上の棚には、野で摘んできたとおぼしき桔梗《ききよう》、女郎花《おみなえし》、藤袴《ふじばかま》などが活《い》けられ、枕もとに置かれた衣桁《いこう》には彼女の袿《うちき》と袴が掛けられている。

「姫さま、兄上がお戻りになりましたよ」

九重の声に初草が目をあけた。宣能を見て、うっすらと笑みを浮かべる。

「お兄さま……」

小さな花がほころんだような愛らしさに、宣能も釣られて微笑《ほほえ》む。

「具合が悪いのかな、初草」

「いいえ。少し疲れただけですわ」

半身を起こした初草の肩に、九重がすかさず袿を羽織らせた。その動作のおかげで空気が動き、微《かす》かながら野の草の香りが宣能の鼻をくすぐる。彼は衣桁に掛かったままの袴を見やって、つぶやいた。

「何人《なにひと》か来てぬぎかけし藤袴、来る秋ごとに野辺をにほはす……」

どのようなひとが脱ぎかけていった袴なのか、藤袴の花が今年も咲いて野辺に香っているよ――との古歌だ。藤袴はその名称から装束の袴によく譬《たと》えられる花だった。

「秋の野に出かけていくのも息抜きになってよいかと思い、送り出したのだが」

「ええ。秋の草花は本当にきれいでしたわ。桔梗に女郎花に藤袴に。ただ、牛車の揺れでくたびれてしまって。でも、戻ってきてすぐに眠ったおかげで、もうすっかりよくなりましたから」

「そうなのかい？　ならば、よかった」

「それより……」

夜具の端をぎゅっと握りしめ、初草はつぶらな瞳で兄をみつめた。

「どうしましょう、兄上。大変なことが」

そう切り出して、彼女は寺籠りの夜に何が起こったかを語り出した。宣能は妹が語る間、ずっと黙って耳を傾けた。

九重も兄妹のそばにすわって話に聞き入っている。彼女は専女衆《とうめ》と深い繋《つな》がりがあった。愛好する舞踊の仲間だったのだ。親しく付き合っている老女たちに危険が迫りつつあると知って、穏やかでいられるはずもない。

弘徽殿の女御が、おのれを悩ます死霊《しりょう》の正体を知ってしまった。その顚末《てんまつ》を一気に語り終えて、初草は大きく息をついた。胸の内を吐き出せた安堵《あんど》と疲労が、その表情にともに浮かんでいた。

「まさか、そんなことが起きるなんて……」

動揺した九重は宣能に向き直り、さっそく助言を求めた。

「いかがいたしましょう、中将さま」

宣能も眉間に皺《しわ》を寄せて考えこんでいたが、

「わたしがなんとかしよう」

そう言って、すっと立ちあがった。初草と九重は頼もしげに彼をみつめる。兄に、中将さまに任せておけばもう心配ないと、ふたりが全幅の信頼を宣能に寄せているのは間違いなかった。

実のところ、宣能に考えがあったわけではない。しかし、ここで動かないわけにもいかない。自信ありげな態度を装って、彼は低い声で告げた。

「すべてわたしに任せて、初草も九重も普段通りに過ごしていなさい」

初草は「はい」と応えたが、九重は、

「このことを専女衆に早く知らせたほうがよいのでは……」

と懸念を露《あら》わにする。もっともな意見だったが、宣能は首を横に振った。

「いや、女御さまの出かたを探るほうが先だ。むしろ、いまはまだ知らせないほうがいい。下手《へた》に専女衆に知らせて事が大きくなってからでは、収めどころがなくなってしまう」

「収めどころ、ですか……。そうですわね、中将さまなら、きっとすべてを丸く収めてくださいますわよね」

そうであって欲しいとすがるような目をして言われ、宣能は苦笑しかかり、なんとか抑えこんだ。

自分は神ではない。この世のすべてを動かせるわけでもなんでもない。むしろ、できないことばかりだ。何もかもが自在になるのなら、四、五年などという時間をかけずに、いますぐ叶《かな》えてしまいたい願望もある。これがうまくいかなかったときのことを考えると、夜も眠れなくなるというのに……。

そう口にしたい気持ちが込みあげてきたが、言っても詮無いと彼もわかりきっていた。むしろ、ここで望まれているのは——

宣能は貴公子然と涼しげに微笑み、静かに告げた。

「案じずともよい。すべて、わたしがいいように取りはからおう」

この対応で正解だったのだろう。九重は納得したように小さくうなずいた。

さっそく、宣能は女御のもとへと向かった。

別棟の対屋《たいのや》の、一段高く設《しつら》えられている母屋《もや》で、女御は脇息《きょうそく》にもたれかかり、右大臣と話しこんでいた。兄と妹であっても、身分的には帝の妃《きさき》とその臣下。女御のほうが立場は上だ。右大臣もその点をわきまえ、丁重な態度で妹に接している。

宣能はその場に入っていこうとして、直前で足を止めた。父の右大臣が、

「ですが、それはいかがなものかと……」

と渋い口調で抗弁しているのが聞こえたからだった。

「難しいことではないでしょう?」

女御は細眉を片方だけ上げて強気で言う。

「右大臣が——いいえ、兄上が使い勝手はよいけれども公にはできぬ者たちを使役して

いることは、わたくしも以前から察しておりましてよ。政道に携わる身なれば、そのような向きも必然かと、わからなくはありませぬもの」

「ご理解いただけるのでしたら、このような話はもうやめましょう。女御さまに益することは何ひとつありませぬゆえ」

「いいえ、こういうときこそ使わなくてどうしますか」

話が何やらきな臭い方向へと進んでいる。宣能は柱の陰に身をひそめて、事の成り行きをしばし見守ることにした。

自らの黒い部分を指摘されても、右大臣は悪びれもしない。ただし、女御を持て余しているのは明らかだった。

「第一、老いさらばえた巫女《みこ》などと、そのような非力で身分の低い者たち、捨て置いたところで一向に構いませんでしょうに」

「兄上はちっともわかってくださいませんのね」

女御は額に指を添えて、わざとらしくため息をついた。

「こうしていまは実家《さと》に戻っておりますけれど、そういつまでも後宮《こうきゅう》をあけておくわけにはいきませんわ。いずれ、わたくしは後宮に戻ります。その前に憂いはすべて取り除いておきたいのです」

「その憂いのもとが、老いた巫女たちだと」

「ええ。専女衆などという卑しい巫女風情にこの弘徽殿の女御があざ笑われて、どうして捨て置いていられれましょうや。そのようなことは、けして、けっしてあってはならないのです」

語句を重ねて、女御は自らの誇り高さを強調する。右大臣の口調はいっそう渋いものとなった。

「ですが、その者たちがなぜそんな真似《まね》をしたのかも、はっきりしないままでは」

「そう言うのでしたら調べればよいではありませんか。兄上には簡単なことでしょうに」

「調べて、事情がつぶさにわかれば、そこで鉾《ほこ》を収めていただけますか？」

「さて、どうでしょう」

訊《き》くまでもない質問だった。右大臣もそうと予測していたのは明らかだ。女御もいったんはぐらかしておきながら、女帝のごとき威厳をもって非情に言い切った。

「もちろん、かかわった者すべてに報復を。いかなる事情があろうとも」

女御の恨みの深さをまのあたりにして、宣能はうなり声を出しそうになり、急いで口を押さえた。幸い、女御たちは彼に気づいていない。

「中でも、専女衆なる老女たちは絶対に許しておけませんわね。いったい、どれほどの夜を死霊の影に苦しめられたとお思いで？　相応の報いを受けさせてやらねば、わたくしの気が収まりません」

「相応の報いとは？」

右大臣の問いに、女御は意味ありげな笑みを返した。朱唇《しゅしん》は笑みを形作っていても、目は本気だ。彼女の気迫に、さすがの右大臣も降参せざるを得ない様子だった。

「仕方がありませんね……」

「では？」

兄が自分の言うことを聞いてくれるとの期待に、女御の目がいっそう輝きを増す。

そこへすかさず、宣能が入室した。

「失礼いたします」

広袖を素早くさばいて、右大臣の斜め後方に平伏《へいふく》し、宣能は言った。

「申し訳ありませんが、おおよその話は聞かせていただきました」

女御は檜扇《ひおうぎ》で口もとを覆い、右大臣は怪訝《けげん》そうに息子を振り返った。彼らが口を出す前にと、宣能は続けた。

「女御さまのお気持ちはよくわかります。下賤《げせん》の者に愚弄されて黙ってなどいられるはずがありません。女御さまには、いえ、あえて言わせていただきますが、叔母上《おばうえ》には、一点の曇りもない静かな御心でいていただきたいと、わたしも甥《おい》として願っておりますれば」

「まあ……」

女御は目を瞠《みは》って感嘆した。

「あなたからそのような言葉が聞けるとは」

彼女が喜びを露わにする一方で、右大臣はますます訝《いぶか》しげに眉をひそめていた。叔母にそれほど大した感情はいだいていないはずと、とうに見抜かれていたのだろう。

父親に疑惑の目を向けられているのを意識しつつ、宣能はよどみなく言った。

「どうか、そのお役目、この宣能にお命じください。女御さまのお怒りを必ずや晴らしてごらんにいれましょう」

「なんと頼もしいのでしょう」

手を叩《たた》かんばかりに女御は弾んだ声をあげた。

「本当に任せてもいいのですね？」

「はい。ぜひとも」

女御の心をつかめたと確信した宣能は、次に父親に向けて告げた。

「つきましては父上、父上の手の者をお借りしたいのですが」

「……そうしたいと言うのであれば許そう。いずれは、おまえが使うことになる道具だ」

宣能は口角が皮肉な形に上がりそうになるのをこらえて、頭を下げた。

「ありがとうございます」

言質《げんち》はとれた。これで、自分の目の届かないところで父や叔母に勝手に事を起こされる危険性はかなり下がった。

「それでは、すぐにも手配を始めますゆえ」

わたしは本気ですよと態度で示して、宣能は退室した。簀子縁《すのこえん》を足早に進み、右大臣と女御のいた部屋から十二分に距離をとったところで立ち止まって、坪庭の前栽《せんざい》に向けて独《ひと》り言《ごと》のように呼びかける。

「いるか、狗王《くおう》」

しばらくして、前栽の葉ががさがさと揺れ、ひょろりとした面長の男が貧相な顔を覗《のぞ》かせた。狗王がよく使っている小者のひとりだ。

「おまえか、面長」

彼にも輔《すけ》という呼び名があったのだが、仲間内で「面長の輔、面長の輔」と言われているうちに「面長」だけが定着したのだと、宣能は以前、狗王から聞かされていた。ちなみに、いつもつるんでいるもうひとりも、権三《ごんざ》という名があるのに、丸顔ゆえに「丸顔、丸顔」と呼ばれて、そのまま定着したのだとか。

はっきり言って、彼らは取り次ぎ役に過ぎない。宣能が求めていたのは狗王だった。

「狗王はいないのか」

面長の男は困ったような半笑いの顔になって言った。

「はい。狗王さまはいま、多情丸《たじょうまる》さまの命で別件に……」

「あれもいそがしいのだな。では、こちらも用があると狗王に伝えよ。急ぎ、やってもらいたいことがあるのだ。多情丸の命など、あと廻《まわ》しにしてしまえ」

「あと廻しには、さすがに……」

「いいから、そう狗王に伝えよ」

「は、はい。畏《かしこ》まりました」

面長がすごすごと引き下がる。そのしょぼくれた後ろ姿を見送りながら、宣能は軽い自己嫌悪を味わっていた。面長に命を下していたときの声が、自身の耳にも父親そっくりに聞こえたからだ。

親子なのだから似るのは仕方ない。とはいえ、声質ばかりでなく、冷淡さ非情さまでもが厭《いや》になるほど酷似していた。面長が気圧《けお》されるのも無理はなかった。

こうして、いずれ自分も権力をふるって他者を操ることに慣れていくのだろう。共感を忘れ、他人を踏みつけ、おのが利益のみに走り、そのことになんの良心の呵責《かしゃく》も感じなくなる。ああはなりたくないと思っていた様相に、こうも容易《たやす》く染まっていくとは……。

いらだちを振りはらって、宣能は初草のもとへと戻った。彼にとって清らかな場所、心置きなく大きく呼吸できる場所へと。

初草はすでに床を離れて、脇息にもたれて九重と話しこんでいた。そうしていると、若い母子か、年の離れた姉妹でもあるかのようだ。宣能が入室すると、ふたりは待ちかねていたように振り返った。

「どうなりましたか、お兄さま」

宣能は円座《わろうだ》に腰を下ろしながら、

「当面は大丈夫だ。心配ない」

彼の言葉ひとつで、初草と九重の緊張がほどけていく。

よかったとつぶやいてから、初草は遠慮がちな上目遣いで九重を見上げた。そのまなざしの意味を正しく汲《く》み取って、

「喉は渇いておりませんか？　白湯《さゆ》でもお持ちいたしますわね」

そう告げて九重が退室する。兄とふたりきりになるや、初草はおもむろに切り出した。

「お兄さま、あの、それから……」

「まだ何か心配事でも？」

初草は小さくうなずいた。ためらう素振りを見せてから、やがて思い切ったように、

「お寺で東宮《とうぐう》さまとふたりだけで話す機会があったのです。そのときに言われました。東宮さまは、未来永劫《みらいえいごう》、十二の君おひとりを妻にお望みだと」

「おやおや」

ここで急にその話が出るか、と宣能は少なからず驚いた。初草はさらに畳みかけるように続ける。

「ですから、わたしとは形ばかりのものであっても結婚できないのだそうです」

宣能は危うく噴き出しそうになり、片手で自分の口を押さえた。

（なんとまあ、あの従弟《いとこ》どのは……）

わがまま放題で育った春若に、宣能も以前はあまりいい感情をいだいていなかった。妹が彼を怖がり、入内《じゆだい》に腰が引けているのを知っていただけに、なおさらだ。

しかし、いまや、はた迷惑なほどひたむきな初恋が春若を変えようとしている。許嫁《いいなずけ》に「だから結婚できない」とわざわざ告げるなど、馬鹿正直すぎるにも程があるとあきれる一方で、宣能は面白くさえ感じてきていた。

（さて、ここは兄として「わたしの妹のどこが気にくわないというのだ」と怒ってみせるべきか、それとも筋を通そうとした従弟を褒めてやるべきか……）

決めかねて、逆に妹に問うてみる。

「それで、初草はどう思ったのかな」

「わたし、わたしは」

子供らしいふっくらとした頬を真っ赤に染めて、初草は言った。

「全力でおふたりの恋を応援いたしますと申しあげました」

「……入内できなくてもいいのかな？」

「はい」

「東宮妃、ひいては帝の妃となり、日嗣《ひつぎ》の皇子《みこ》を儲け、いずれは国母《こくも》に、皇太后となって、この国に生まれた女人としての最高の栄華を極める——そんな晴れがましい未来を捨ててしまうことになるが、悔いはないと？」

「はい」

頰だけでなく目も赤く潤ませて、初草はうなずいた。

「わたしの望んだ未来ではありませんもの」

それは知っていたよ、と心の中でつぶやきつつ、宣能はあえて質問を重ねた。

「では、初草はどのような未来を望んでいるのかな？」

「それは……」

「華やかな後宮に行ってみたいとは思わないのかい？」

「思いません。つましい暮らしで構わないのです。愛するかたといられるならば、わたしはそれだけで……」

ぽろぽろと大粒の涙が初草の頰にこぼれ落ちてきた。彼女は恥ずかしそうにそれを袖でぬぐう。夢物語の貴公子ではなく、現実の誰かのことを思い浮かべて泣いているのだな、と宣能は察した。

初めて逢《あ》ったとき、初草はまだ乳飲み子だった。生まれ落ちるや生母を亡くし、そのことも知らずに眠り続けていた赤子。あの子が誰かを想《おも》って泣くようになるとは。それがこんなに早かったとは――

「わかったよ。初草がそう望むのなら、なんとかしよう」

宣能は妹を安心させようとしたが、初草は激しく首を横に振った。

「でも、わたしはお兄さまに無理はして欲しくないのです。噛《か》み合わないことを言っているのかもしれません。わがままかもしれません。でも、でも」

すん、と鼻をすすって続けた。

「わたしのためにお兄さまに苦しんで欲しくない……」

「苦しんでなどいないよ。むしろ、逆だ。初草はわたしにたくさんの喜びを与えてくれた。来《こ》しかた（昔）から、いまに至るまでも」

乳母《めのと》に死なれて暗く絶望していた時期に、「あなたの妹ですよ」と母が差し出してくれた小さな赤子。それはまさに、闇夜の底に届いたひと筋の光だった。この子を守ることで、乳母を守れなかった分の罪滅ぼしができるかもしれないと思わせてくれたのだ。

求める怪異が闇夜をともに歩んでくれる同志なら、初草は道を照らす燈籠《とうろう》の明かり。どちらも愛《いと》おしくて、かけがえがない。

「だからね、わたしへの心配なら無用だよ。わたしはわたしが為《な》したいと思うことをおし進めているだけなのだから」

「為したいと思うこと、ですか……」

「大事な妹の願いを叶えてあげたい、それがわたしの為したいことかな。だから、初草が入内を望まない、春若君の恋を応援するというのなら、わたしもそうしよう。なに、かなり前から、そうするつもりではいたからね」

初草は涙に濡《ぬ》れた目を大きく瞠った。

「本当ですか？」

「ああ、本当だとも。だから、これ以上、悩まずに事が収まるのを静かに待っていなさい。九重にもあとで念を押しておこうかな。専女衆を動揺させてはいけないから、女御さまの寺籠りの件はしばし秘めておくようにと」

その間に――と続けそうになって、宣能はやめた。

もうすでに、何をすべきか案は思いついていた。あとは、それを実行するのみ。否、狗王たちに実行させるのみだった。

夜がふけてきた頃に、青鷺《あおさぎ》の宮を乗せた牛車はやっと八条のわが家に帰り着いた。

庭の池に大きな青鷺が住み着いていることから、この邸《やしき》のあるじは青鷺の宮と呼ばれていた。

青鷺の宮は先々代の帝の子。母の身分が低かったために親王宣下《しんのうせんげ》は受けておらず、無位無官である無品《むほん》の宮だ。それでも、暮らし向きにはなんの不自由もなかった。母方は身分は低くとも裕福で、そこから引き継いだ資産で充分、暮らしていけたのだ。

宮自身もおっとりした性格で、世に積極的に出ていこうという気持ちは薄い。妻に先立たれてからは、なおさらだった。広い邸で書に囲まれて穏やかに暮らす、それで満ち足りていたのだ。むしろ、たまに出かけるとぐったり疲れてしまうほどだった。

今日はどうしても断り切れない集まりがあったので、外出したまでのこと。早く着替えて休みたい。そう思いつつ牛車から降り、簀子縁に上がった彼を、数人の従者と女房が出迎えてくれた。

「お帰りなさいませ、宮さま」

「ああ。いま帰ったよ、柚月《ゆづき》」

慎《つつ》ましく頭を下げる女房の名を、宮は愛情をこめて呼ぶ。呼ばれたほうも、顔を上げてにっこりと微笑み返す。まわりの従者たちもふたりを温かく見守っている。

青鷺の宮と女房の柚月が夫婦同然の関係にあることは、周知の事実だった。

宮が妻に先立たれてしばらくしてから女房勤めを始めた柚月は、それはそれは献身的に彼に仕えた。柚月の気遣いの深さに宮が心を動かし、柚月のほうも宮に異性として惹《ひ》かれていって、やがてふたりは結ばれたのだ。

無品とはいえ宮さま、かたや一介の女房。正式な結婚はできなかったが、この時代、そんな繋がりも珍しくはない。

表向き、独身である宮のもとには縁談が舞いこむこともしばしばだったが、「そのような気持ちにはなれないのです」と断り続けた。今年の春、弘徽殿の女御からの紹介で来た話はさすがに断りにくかったが、幸いなことに女御のほうから、あっさり取りさげてくれた。そうして再び、宮は愛する女性との静かな暮らしに戻れたのだ。

部屋に入って宮が脱いだ直衣《のうし》と指貫《さしぬき》とを、柚月が折り畳みながら尋ねる。

「何か召しあがりますか？」

「そうだな。あちらではあまり箸も進まなかったから、軽いものを少しもらおうか」

「では、湯漬け（湯にひたした米飯）でもお持ちいたしますわね」

柚月は宮の装束を載せた衣筥《ころもばこ》の蓋を両手に抱え、しずしずと退室していく。

軒から下がった釣燈籠が簀子縁を照らしてくれていた。庭からは鳴く虫の音が聞こえている。いつもと変わらぬ秋の夜——のはずだったのに。

ふいに、虫の音がぴたりとやんだ。柚月は足を止め、不審そうに庭を見やった。

八条邸の庭は、青鷺のような大きな鳥が羽を休めに来るほど広々としていた。釣燈籠の火と月の明かりのみを頼りに見廻したところで、全体が把握できるわけではなかったが、特に怪しいところはないように感じられた。

「気のせいね」

独《ひと》り言《ご》ちて、歩き出そうとした柚月の背後に、何者かが音もなく忍び寄ってきた。彼女が相手の気配に気づくよりも早く、肩越しにぬっと腕が差し出され、宮の装束を鷲《わし》づかみにして奪い取る。

完全に虚を衝《つ》かれた柚月は驚きのあまり腰が抜け、その場に倒れこんだ。

「も、物盗《ものと》り!?」

震えながら後ろを振り返った直後、柚月はひっと息を呑《の》んだ。

背後に現れ、宮の装束を強奪したのは異形《いぎよう》の者だった。太い眉にぎらぎらした眼《まなこ》、きつく結ばれた大きな口、そして異様に高い鼻。――天狗《てんぐ》だ。

天狗は口をいっさい動かさずに告げた。

「命惜しくば騒ぐな」

声がくぐもっていたせいで、本物の天狗ではないと遅ればせながら柚月にもわかった。天狗の面をかぶった人間だ。が、そうと判明したからといって、危険でなくなったわけではない。

天狗面の男が奪った装束を庭に投げると、そこで待ち構えていた仲間らしき者が受け取った。ふたりほどいたようだが、そちらも面をかぶっていたのかどうか。釣燈籠の明かりが届かぬ先であったので、そこまではわからない。

「これもいただいていく」

そう言うや、天狗面の男は柚月の髪を片手でつかみ、もう一方の手で刃物をふるった。抵抗する間もない。床につくほど長かった髪が、一刀のもとに短く切られてしまう。

髪は女の命とよく言うが、この時代は丈なす豊かな黒髪が美人の条件ともされ、特に重要視されていた。その大事な髪が、一瞬で肩先までになってしまったのだ。柚月の受けた衝撃は大きかった。

天狗面の男は切り落とした柚月の髪を握って簀子縁から飛び降り、仲間とともに逃走を図った。彼らを追うことはもちろん、大声を出して助けを呼ぶことすら、柚月にはまだできない。

ひっ、ひっ、と悲鳴にも泣き声にもなりきれていない声が、ようやく彼女の喉から断続的に洩《も》れる。それが号泣に変わり、家人《けにん》たちがやっと異変に気づいて駆けつけてくる。

当然ながらその頃には、怪しい者どもの姿は影も形もなくなっていた。

もうそろそろ就寝してもいい時刻なのに、宣能は床に入ろうとはせず、文机《ふづくえ》に向かって所在なげに頰杖《ほおづえ》をついていた。

書籍が広げられていても、文面に目は向けられていない。彼の整った横顔に、燈台の揺れる明かりが妙趣のある陰影を描き出しているが、実際の表情のほうはほとんど動かない。

蔀戸《しとみど》のすぐむこうで、カタンと小さな音が聞こえて、やっと宣能の視線が動いた。彼はゆっくりと立ちあがり、妻戸《つまど》をあけて外を見やった。

庭先に男がひとり、片膝をつき頭《こうべ》を垂れている。彼の前には折り畳まれた装束。その上には女のものとおぼしき長い黒髪がひと束、置かれていた。

「うまくいったようだな」

宣能の淡々としたつぶやきを受けて、男が顔を上げる。天狗の面をつけたままではあるが、彼が狗王であることは間違いなかった。

「では、その髪を明日にでも叔母上のもとに届けよう。それで気を鎮めてくださるといいのだが……」

言いながら、望みは薄いなと宣能も自覚していた。

専女衆にも、なにがしかの代償を支払ってもらわなくてはなるまい。そこは女御も譲らないだろうことは、訊くまでもなかった。さて、どうすると考えていると、

「明日ですか」

仮面越しに狗王がつぶやく。そこに不服そうな気配を感じ取り、宣能は眉をひそめた。

「どうした。何か不都合でも？」

「いえ」

一度は否定したものの、狗王は思い直したらしく、

「中将さま。ひとつ、お願いが」

そう切り出した。いきなりだなと思いつつ、「なんだ？」と宣能も訊く。

「女御さまにこの髪をお届けするお役目、いまからでもわたしにやらせてくださいませんでしょうか」

狗王の求めに、宣能は少なからず驚いた。

「なぜだ？」

「髪をお届けするだけです」

「いや、訊いているのはそこではなくて……」

突如、ハッと閃《ひらめ》くものがあり、宣能は啞然《あぜん》とした。

狗王は去年の秋、弘徽殿の女御と紅葉の山で遭遇している。そしてそれ以前にも。帝の妃《きさき》と、裏社会に生きる無位無官の男。接点などあるはずもないふたりの間には、奇妙な縁《えにし》が存在していたのだ。

「まさか、おまえ」

作り物である天狗面の表情は、もちろん微動だにしない。狗王の感情は読み取れない。それでも、あきらめそうにない気配は十二分に伝わってくる。

「……前にお話ししたことがあるように存じますが、ここはわたしにとっても懐かしい場所になります」

狗王はさりげなく周囲に目を向けた。幾棟も続く檜皮葺《ひわだぶき》の家屋、南側に大きくひらけた庭、北側には倉が建ち並んで、右大臣家の権勢のほどが十二分に偲《しの》ばれる大邸宅だ。

「あの頃、わたしは十二歳でしたか。家宝の琵琶《びわ》を取り戻すために邸内の下調べをすべく、下働きの童《わらわ》として右大臣邸――いえ、当時は先代の内大臣さまのお邸でしたが――ここに入ったのです」

宣能は狗王の語りの邪魔にならぬよう、「そうだったな」と小さくつぶやいた。

去年の秋に発生した、琵琶にからんだ一連の出来事。その根は、さらに二十年あまり過去に溯《さかのぼ》る。

当時、狗王の父親は楽師だった。楽師の彼は家宝の琵琶を女御の父の内大臣に奪われ、なんとかそれを取り戻すべく、盗み出すことを試みた。まずは息子の狗王を下働きの童として潜入させ、邸内を調べさせたのだ。その後、楽師は盗みに入ったものの、失敗して囚《とら》われ、検非違使《けびいし》の手荒な責めにより獄死した。

「わたしは父の命により、昼間はこの邸で掃除や薪割《まきわ》りを務めつつ、夜は寝殿《しんでん》の間取りや外への退路などをこっそりと確かめておりました。そんなときに、まだ入内前であった女御さまが夜、ひと気のない倉の裏手へとおひとりで出てこられ、くやしげに泣いておられるのを見てしまったのです」

天狗面の下で、狗王がふっと笑った気配がした。

「驚きました」

それは驚いただろうなと共感し、宣能は浅くうなずいた。

内大臣の娘、勝子《まさるこ》は当時、十八歳。帝のもとに入内する直前で、輝かんばかりの姫君であったことは想像に難くない。

「あの誇り高い姫君が……。そう思った瞬間に、幼かったわたしの身の内に不思議な痺《しび》れが走りましたよ。あんな感覚はあとにも先にもありはしない。姫はわたしに気づいて烈火のごとく怒り、ここで見たことは口外してはならぬと命じました」

「口外しているだろうに」

宣能が指摘すると、狗王はくすくすと小さく笑った。

二十年あまりも経《た》てば、さすがに口止めの約束も失効ということか。あるいは、誰かに語りたくてたまらなくなるほど貴重で大切な出来事だったのか。

「気の強い勝子さま。あのかたには常に気高くあっていただきたい。屈辱に耐えかね、くやし涙をこぼすことはあっても、死霊におびえて震えるような、みじめな夜はもういいでしょう」

狗王にとって、内大臣は父親の仇《かたき》。女御は、親の仇の娘となる。なのに、彼女のことを語る狗王の口調は、淡々としていつつも優しい。そこには特別な感情が――親の仇うんぬんとは明らかに違う感情があった。

「そうか。そういうことなのか。いや、しかし……」

宣能は額を押さえて考えこんだ。

狗王の気持ちはわかった。いや、わかりたくはなかったし、なぜそうなるとの疑問が完全に払拭されたわけでもない。それでも、狗王がただならぬ感情――恋情なのか崇拝の念なのか――を女御にいだいていることは了解した。

これこそ怪異だとあきれもしたが、さすがにそれは口にできず、

「よし、許そう。ただし、条件がある。事を終えたら、すぐにここへ戻ってきて子細に報告するように」

天狗面が微かに揺れたが、了承したのか不服に思ったのか、返ってきた応えからは読み取れなかった。

「わかりました」

さっそくその場から離れようとした狗王を、「待て」と宣能が呼び止める。

「女人《にょにん》のもとに忍んでいくのに、その面はないだろう」

小首を傾《かし》げる狗王に、宣能は重ねて言う。

「いっそ、宮の直衣に着替えていけ。烏帽子《えぼし》はわたしの物を貸してやるから。花も必要だな。その辺に咲いている花を好きなだけ持っていくといい。秋萩《あきはぎ》に桔梗、撫子《なでしこ》と取り放題だ。この期に及んで遠慮などするんじゃないぞ。水くさい」

急に押しつけがましくなった宣能に、狗王はむっつりと、

「いりません」

「いいから、いいから」

「いりません」

狗王は無愛想に拒絶し続けたが、それ以上に宣能はしつこかった。

萩《はぎ》の章

「では、おやすみなさいませ、女御《にようご》さま」

「おやすみなさいませ」

そう、女房たちが口々に言いながら退室していく。

四方を帳《とばり》に囲まれた御帳台《みちようだい》の中で、弘徽殿《こきでん》の女御は四肢をのばした。

このところ、眠る直前にふっと恐怖に襲われることもしばしばだったが、もはやそんなこともない。燈台《とうだい》の火を落として真っ暗にしても平気でいられる。ひとたび死霊《しりよう》の正体がわかってしまうと、自分はいったい何におびえていたのかと馬鹿馬鹿しくなるほどだ。

だからこそ、専女《とうめ》衆なる者たちを許すわけにはいかないのだと改めて心に刻む。近い将来、国母《こくも》にもなろうという弘徽殿の女御を苦しめた罪。これは必ずや贖《あがな》ってもらわなくてはならない。それこそ、専女衆の皺首《しわくび》を庭先にずらりと並べてやりたいほどだ。

兄の右大臣なら、それくらいしてくれると期待していたのにそうではなかった。残念ではあったが、代わりに甥《おい》の宣能《のぶよし》が積極的に協力を申し出てきた。これは嬉《うれ》しい驚きだった。

(あの子も嫡子としての自覚がやっと、できてきたのでしょうね)

嗜好《しこう》が少々世間とずれていて、〈ばけもの好む中将〉などという珍妙な呼び名をつけられた不肖の甥だが、この頃は父親ともうまくいって、真面目《まじめ》に公務に勤《いそ》しんでいるとか。わが子の東宮《とうぐう》といい、前途が案じられた放蕩息子《ほうとうむすこ》も時が来れば自然と落ち着くものなのだと、女御はすっかり感心していた。

あの甥に任せておけば、今回の件も収まるべきところに収まるだろう。もはや、何も案じる必要はない――

早くもそんな充足感をいだき、健やかな夜をほとんど取り戻したも同然の女御は、うとうとと微睡《まどろ》み始めていた。その平和な眠りが、ふっと醒《さ》める。

室内で風が動いた気がしたのだ。

(よもや、また死霊が)

恐怖がにわかに甦《よみがえ》ってくるのを感じつつも、女御はそれに抵抗し、カッと目を見開いてあたりを見廻《みまわ》した。

いつの間にか妻戸《つまど》が細くあいていて、そこから外の月明かりと夜気が侵入している。おかげで、室内の様子が彼女の目にも見て取れた。

室内に誰かいる。立烏帽子《たてえぼし》に直衣《のうし》姿だ。女房ではない。女御を苦しめていた死霊とも違う。ならば、夜盗か。どちらにしろ、ただならぬ事態が発生したには違いあるまい。

半身を起こした女御は女房を呼ぼうとしかけた。が、それより先に直衣姿の人物が、しっとささやく。

「お静かに。中将さまの命でお届け物に参っただけでございますので」

聞きおぼえのある声だった。女御は目を凝らし、御帳台の帳越しに相手をまじまじとみつめた。

猛禽《もうきん》の嘴《くちばし》のような高い鼻をした、三十代ほどの男だ。その顔にもおぼえはあったが、女御の記憶の中の彼はそのような立派な直衣を身に着けてはいなかった。

「おまえは——」

「やはり、こうしたほうがわかりやすいでしょうか」

男はそう言って、懐から天狗《てんぐ》の面を取り出した。面を見せられる前に見当はついていたのだが、これで確定したも同然だった。

ひとを呼ぶべきか、もう少し相手の出かたを探るべきか。迷いながら、女御は吐息とともにつぶやいた。

「去年の天狗か……」

「もっと昔にもお逢《あ》いしておりますが」

女御は過去の苦い記憶に触れられて、思いきり顔をしかめた。

あれはまだ入内《じゅだい》する前、十八歳の少女であった頃。

才色兼備と誉れの高い姫君であったのに、ただひとつの欠点、いくら練習を重ねても琵琶《びわ》がうまく弾けなくて。彼女の父親の内大臣は、娘に完璧な貴婦人たれと求めるあまり、替え玉を仕立てて、彼女を琵琶の名手に偽装させた。

さすがでございますといくら絶賛されても、それが自身の実力でないのなら虚《むな》しいばかりだ。なのに、父からの厳命で、真実を明かすことはできない。

くやしくて、くやしくて、女御は誰にも見られない倉の陰で夜、涙に暮れていた。そんな屈辱の場面を、当時、邸内で働いていた童《わらわ》に見られたのだ。あの童の成長した姿が、目の前の男だった。

忘れられない出来事だったが、

「知らぬ」

女御は厳しい口調で過去を否定しておいてから、

「……それで、いまさら何をしに参った。去年の恨み言か。さらに昔の復讐《ふくしゅう》か」

と、明らかに矛盾したことを言う。彼女のその強気な姿勢を歓迎するように男は笑った。

「復讐などと。恨む気持ちはさらさらありません。こたびは、専女衆のことを女御さまに説明する役を中将さまから任じられて、ここに罷《まか》り越してございます」

「中将が？　……とすると右大臣が使役する裏の者なのか、おまえは」

「ですね。その界隈《かいわい》で、いまは狗王《くおう》と呼ばれております」

「おまえの名など訊《き》いてはおらぬ」

いい気になるなとばかりに、女御は冷たく言い捨てる。狗王はそんな女御の反応に至極嬉しげだった。おかげで女御も気勢が削《そ》がれ、どうにもやりにくいと顔をしかめる。

去年、紅葉《もみじ》の山で遭遇した天狗面の男。崖から転落したところを女御は彼に救われたわけだが、恩に着るつもりは欠片《かけら》もなかった。むしろ、もっと昔、見られてはならない場面を彼に目撃されたことが許せない。いっそ、くびり殺して、永遠に口を封じてしまいたいほどだと熱望したからこそ、あのときは「天狗が出た、天狗を狩れ」と周囲の者に命じて山狩りを行わせた。残念ながら、成果はなかったが。

厭《いと》われているのは当人もわかっているはずだ。なのに、こうしてまた目の前に現れるなど、正気の沙汰とも思えない。

「中将が自分で来ればいいものを、なぜ、わざわざおまえに」

その質問を無視し、狗王が取り出したのは、紐《ひも》で一箇所をくくった長い髪の束だった。

「これは女御さまを苦しめた大もとの女の髪です」

そう言われると女御も気になる。

「……どういうことか」

「青鷺《あおさぎ》の宮の前妻の霊を装い、女御さまを愚弄したのは、専女衆なる巫女《みこ》たちに相違ありません。あの者たちの縁に繋《つな》がる女が、宮のもとに女房仕えをしており、宮の内縁の妻ともなっているのですが」

「女房が……。まあ、よくある話だが。では」

「青鷺の宮が新しい妻を迎えたら、女房は捨てられてしまいかねない。そう案じた専女衆が死霊のふりをして女御さまを脅かし、宮の縁談を反故《ほご》にさせたのです。――そして、これがその女房の髪にございます。夜盗を装って宮の邸《やしき》に押し入り、件《くだん》の女房からこれを切り落として参りました」

「ほう……」

襲われた女房の恐怖と驚愕《きょうがく》のほどを想像すると、すっと気持ちが軽やかになるのを女御は感じた。よい気味だ、と意地の悪い笑みも自然と浮かんでくる。

「恥を知る者ならば、女の命たる長い髪を失った以上、宮さまのもとに留《とど》まることはできかねるかと」

「まあ、そうであろうな。醜い姿をさらしたくないと、出家するのが定石……」

「仮に宮のもとに留まったとしても、それはそれ、青鷺の宮も女房もその程度の小者、色に溺れた厚顔無恥な痴《し》れ者だったという証《あか》し。女御さまがお気にかけるような者どもではございません」

ほっほっと、笑いがなかば無意識に口をついて出る。女御は自らの口を押さえ、こほん》と咳払《せきばら》いをしてから、すまし顔で言った。

「なるほどのう。で、専女衆のほうへはどのような報復を？」

「……それはまた改めて、中将さまがお考えくださるかと。わたしはあのかたの御指示通りに動いたまでですので」

「では、楽しみにしておきましょう」

もういいから下がれと言わんばかりに、女御は顎《あご》をそびやかした。狗王は彼女の意図を正しく読み取り、すっと後方へ引こうとする。床の上に長い髪の束を残して。

「待て」

女御が冷ややかに告げると、狗王もぴたりと動きを止めた。

「そんなものはいらぬ」

穢《けが》らわしいものを見るような目を髪の毛の束に向け、女御は言った。実際、彼女にとっては他人の髪など塵芥《ちりあくた》でしかない。置いていかれても困る。

「どこぞで焼き捨ててくるがいい」

「御意《ぎょい》」

狗王は髪の束をつかんで素早く退室した。物音ひとつ立てずに。妻戸が細くあいたままでなかったら、夢だったのかと疑うほど見事な引き際だった。

改めて眠り直そうとした女御だったが、狗王が控えていた場所にまだ何かあることに気づき、御帳台の帳を押しやって目をすがめた。

そこにあったのは、赤紫の小さな花をつけた萩《はぎ》のひと枝だった。

女御は困惑して眉間に皺を寄せた。

「風流なのか、そうでもないのか、捉えどころのない……」

なんにせよ、気を許してはいけない相手だと女御は思った。兄の右大臣があの男を道具として使っているとは意外だったが、昔、琵琶を盗み出そうとした楽師の息子だと知らずにいる可能性もなくはない。

「知っているのかと確かめておくべきか？」

自問しながら、気の進まぬ顔になり、女御はまた独り言《ひとりごと》ちた。

「まずは中将に訊くとするか……」


首尾はどうだったろうか。

そう考えながら、宣能は狗王が戻ってくるのをいまかいまかと待ち構えていた。

月光は冴《さ》え渡り、すだく虫の音はかそけくて、風情のある夜だった。そこに直衣姿の男が萩の花枝を手に忍んでいけば、大抵の女人がグッとくるはずなのである。おそらく。

この機会を逃すなよと応援する一方で、蓼食《たでく》う虫も好き好きとはこのことだと宣能はあきれてもいた。自分の特殊過ぎる嗜好は、もちろん棚の上にあげて。

衣を羽織って、簀子縁《すのこえん》に出たり部屋に戻ったりとくり返していた宣能は、庭先の萩の花にふと目をとめてつぶやいた。

「秋萩《あきはぎ》の古枝《ふるえ》に咲ける花見れば――」

「もとの心は忘れざりけり、でしたか」

去年の枝に咲いているこの秋萩は、昔の想《おも》いを忘れずに持ち続けているのですね――

そういう意味の古歌、その後半を口ずさむ声がした。いつの間にか、庭先に戻ってきた狗王だった。宣能はにやりと笑って、皮肉をこめた目で彼を見やった。この歌を口ずさみつつ萩の花を女御に差し出せと、指南しておいたのだ。

「しっかりおぼえていったからには、女御さまにもちゃんと言えたのかな？」

狗王は無言だった。それが答えだった。

「言えなかったのか。もったいない。せっかくの機会だと思ったからこそ教えてやったのに」

「言う言わないは、どうでもいいのですよ」

「なるほど、自分の中にひっそりと留めおくことで完結させようというわけか。純愛だな」

「そんなことより」

この話はこれで終《しま》いと切りをつけるように言って、狗王は頭上の烏帽子を手に取った。

「この烏帽子はお返しします」

「烏帽子はな。装束はいらない。わたしのものではないし」

「では、髪の毛ともども、いただいていきますか」

狗王が身に着けた直衣の懐からは、髪の毛の束が少し覗《のぞ》いていた。

「叔母上《おばうえ》は受け取らなかったのか」

「いらないと。どこぞに焼き捨ててくるがいいと」

「その髪が誰のものかはちゃんと伝えたのだな？」

「もちろん、命じられた通りに伝えましたとも。女御さまがお気にかけるような者どもではございませんとも、きちんと言い添えました」

「色に溺れた厚顔無恥な痴れ者、女御さまがお気にかけるような者どもではございません、だ」

狗王の唇が微苦笑に揺れた。

「はい、その通りに」

「宮の愛情が本物であれば、女の髪が多少、短くなったぐらいで気持ちが揺らぐはずがない。もし揺らぐようであれば、所詮、その程度のもろい関係であったということだ」

なかば本気で宣能は冷たく言い放った。狗王は否定も肯定もしない。彼にとっては宮たちのことなど他人事《ひとごと》、どうでもいいのだろう。

「――青鷺の宮とその女房に関してはご納得していただけたようですが、専女衆にはどのような報復をするのかと女御さまに問われました」

「やはり、これだけでは済まなかったか」

やれやれと、宣能は嘆息した。

女御は専女衆の嘲笑を直接、耳にしているのだ。怒りの度合いは当然、違ってこよう。専女衆自体に激情をぶつけさせ発散させてやらねば、どうしようもあるまい。

「専女衆には気の毒だが……」

口を軽く結んで表情を消し、褒められたものではない思案をめぐらす。宣能のその完璧な横顔を、月の光が冴え冴えと照らす。

新たな指示はすぐには出そうになかった。

「決まりましたら、またお呼びください」

と、その場を立ち去りかけた狗王の背に、宣能が問う。

「持ち帰って、髪の毛を何に使うのだ」

「かもじにするなど、使い道はいくらでも」

「なるほど。羅城門《らじょうもん》の二階に捨てられた遺体から、髪の毛を剝ぎ取る老婆もいるくらいだからな。需要はそれなりにあるわけだ」

「ええ。平安の都は奥が深《ふこ》うございましょう？」

都は美しいばかりではない。宮中では色鮮やかな十二単《じゅうにひとえ》をまとった美女たちが檜扇《ひおうぎ》を手にして笑いさざめく一方、路上には家族に見捨てられて飢え死にした病人の死体が放置されている。そんな過酷な世の中だからこそ、専女衆は群れ集うことで互いの身を守ろうとしているのだ。

生きることに必死な老巫女たちを痛めつけるのは、宣能の本意《ほい》ではない。それでも、彼はやらねばならなかった。妹や九重《ここのえ》に非難されることも、とうに覚悟の上だった。

翌々日の昼、宗孝《むねたか》は初草《はつくさ》からの呼び出しを受けて、右大臣邸へと向かった。

たまたま、その日は出仕せずともよい日だった。夜には宣能とまた新たな怪異を求めに出かける予定が入っていたが、昼間ならばなんの問題もない。

また物語の読み聞かせをせがまれるのだろうと、最初、宗孝は気楽に考えていた。移動中、見上げた空は一面曇って、まだ秋もさほど深まってはいないにもかかわらず、風は冷たかった。それでも、宗孝は今年は冬が来るのが早いかもとしか思わなかった。

邸に到着し、応対に出てきた九重の当惑気味の顔を見て、彼は初めて、よからぬ予感をおぼえた。

「どうかされましたか、九の姉上」

「ええ。あなたが来てくれてよかったわ。わたしひとりでは、どうしていいのか……」

「まさか、初草の君の身に何か？」

「そうではないのだけれど、とにかく姫さまのお話を聞いてあげてちょうだい。そのほうが早いわ」

九重にせっつかれつつ、宗孝は初草の部屋へと急ぎ向かった。

初草は広い部屋にぽつんとすわって彼を待っていた。美麗な几帳《きちょう》や蒔絵《まきえ》が施された二階棚、厨子《ずし》などが少女を取り巻いていたが、そこに座している初草が哀《かな》しげに顔を曇らせているために、豪華な調度品も色褪《いろあ》せて見えてしまう。

「どうされました、初草の君。お身体《からだ》の具合でも悪いのですか？」

体調を気遣いつつ現れた宗孝に、初草はパッと笑顔を見せた。

「来てくださってありがとうございます、宗孝さま」

手放しで歓迎されて、宗孝も来た甲斐《かい》があったなと実感する。

「申し訳ありません、宗孝さまもおいそがしいのに」

「いいえ、わたしのいそがしさなど、たかが知れておりますので。宿直《とのい》を重ねて埋め合わせをすれば、公務などどうとでもなりますよ」

それはそれで疲労が溜《た》まるものなのだが、宗孝は少しでも初草を楽にさせたくて明るく笑い飛ばした。

「本当に、なんてありがたい……」

初草は神仏を拝むかのように手を合わせた。頼りにされるのが嬉しい反面、照れくさくなって、宗孝は首を横に振る。

「そんな大層なことではありませんから。それより、いったいどうされたのですか？」

手もとに届いた文《ふみ》に詳しい説明はなく、すぐに来て欲しい旨だけが記されていた。初草は文字から色や動きを独自に視認し、そこからさらに書き手の心情まで読み取る。宗孝にはそんな特殊な能力はないが、それでも字の乱れから書き手——初草に代わって書き記した九重の動揺ぶりは見て取ることができたのだ。

「何からお話ししたらいいのか……」

戸惑う初草に、九重が言い添えた。

「やはり、寺籠りの夜のことから順を追ってお話しすべきかと」

「そう、そうよね」

初草は大きく息を吸いこみ、三日前に弘徽殿の女御と寺籠りした夜の出来事を語り出した。それは宗孝にとっても衝撃的な内容だった。

「女御さまと専女衆が……」

絶対に交わるはずのない立場の彼女らが、板戸一枚を間に挟んでいたとはいえ、遭遇するとは。あり得ないこと――それも最悪の事態が起きてしまったのだと思い知らされ、宗孝はおそろしさに震えあがった。

話はそれだけで終わらなかった。

「それで、お兄さまに相談したのです。お兄さまは『わたしがなんとかしよう』と言ってくださいました」

「そうですよね。中将さまなら、そう言ってくださいますよね」

あのかたに任せておけば大丈夫だと宗孝も思ったのだが、初草と九重の表情は晴れない。どうやら、それでは済まなかったのだなと、厭《いや》な予感がしてくる。

「でも、まさか、こんなことに……」

初草は涙に声を詰まらせ、広袖で顔を覆った。

「は、初草の君？　どうなさったのですか？」

少女の涙に宗孝はすっかりうろたえてしまう。見かねて九重が、

「姫さま、わたしが説明しますわ」と語り役を引き継いだ。

「これは今朝、聞いたばかりの話で。わたしも初めは何かの間違いではないのかしらと疑ったのだけど――」

九重は、姉としての砕けた口調になって、今日の早朝、専女衆に食べ物を分けに行った際に聞いてきたという話を披露し始めた。

「青鷺の宮さまのことはおぼえていて？」

「青鷺の……。ああ、はいはい。十二の姉上と一時期、縁談話が持ちあがっていたかたですよね」

「そのかたのもとに、淡路《あわじ》どのの生き別れになった娘御が女房としてお仕えなのも、おぼえていて？」

忘れるわけがなかった。

専女衆を統《す》べる大専女《おおとうめ》。現在、その役を担う淡路は、娘が青鷺の宮に捨てられることを危惧し、宮の前妻の霊を装って、十二の姉・真白《ましろ》を脅そうとした。宗孝と宣能はそれを知り、真白ではなく弘徽殿の女御を専女衆に脅させて、縁談話をなしにすることに成功したのだ。

その後、青鷺の宮と女房は誰にも邪魔されずに愛を育んでいるはずなのだが……。

「宮さまのお邸に、一昨日《おととい》の夜、賊が入ったらしいの」

「賊が」

「盗まれたのは宮さまの装束だけで、怪我人《けがにん》はなかったそうなのだけれど。女房がね、宮の装束を運んでいた最中に賊と遭遇して、衣を奪われたばかりか、髪の毛をばっさり切り落とされたのよ」

「髪の毛を！」

思わず、宗孝は声を大きくした。女の長い髪は美の象徴であり、成人の証しでもある。それを短く切り落とされては、人前に出ることもできなくなってしまう。

「柚月《ゆづき》どの、というのがその女房の呼び名だけれど、それはもう、大変な嘆きようで。このまま出家するしかないと、ずっと泣き暮れているそうなの」

「もしや、その柚月という女房は」

九重は頭を縦に振った。

「青鷺の宮さまの恋人よ。淡路どのの娘御の」

弘徽殿の女御が真実を知った途端に、青鷺の宮の恋人が襲われる。とても偶然とは思えず、宗孝の総身にぞわりと鳥肌が立った。

「まさかとは思うのだけれど——」

言いにくそうに前置きをして、九重が言う。

「弘徽殿の女御さまが死霊の正体は専女衆だったと知ってしまった直後に、そもそものきっかけだった柚月どのが賊に襲われる……。まるで、女御さまの意趣返しが始まったかのようで、落ち着かなくて」

「ですよね。わかります。わたしも似たようなことを考えていました」

初草は広袖で顔を隠したままで何も言わなかったが、宗孝たちと同じ気持ちであることは疑いようもなかった。

「専女衆には知らせてあるのですか、女御さまに死霊の正体がばれたことは」

九重は首を横に振り、宗孝を驚かせた。

「なぜです。危険だと、早く知らせるべきでしょうに」

「わたしもそう思ったのだけれど、中将さまが『いまはまだ知らせないほうがいい』と。『下手《へた》に専女衆に知らせて事が大きくなってからでは、収めどころがなくなってしまう』とまで言われたのよ。そのあとにも、専女衆には教えないようにと重ねて念押しされたわ。だから、わたしもまだ、あのひとたちに何も言えていなくて」

「収めどころって、これをどう収めると……」

宗孝はハッと息を呑《の》んだ。

「まさか、青鷺の宮の恋人を辱めることで、女御さまの怒りを鎮めようと？ それを指示したのは、まさかのまさか……」

「ええ、そのまさかのまさかじゃないかと思うのよ」

九重が言い、初草も無言でうなずく。

疑惑の黒雲が宗孝たち三人の胸に色濃く湧き起こっていく。お兄さまは、中将さまはそんなことはしない――とは誰にも言えなかった。言いたくとも無理だった。肉親である初草でさえ、それができずに途方に暮れているのだ。

「髪の毛を切り落としていった賊は、ほかに何か、手がかりのようなものは残しませんでしたか?」

「それが、天狗の面をつけていたとかで、顔は一切、わからなかったそうなのよ」

「天狗の面?」

宗孝の脳裏に狗王の顔が浮かんだ。去年の秋、初めて彼が宗孝の前に登場したとき、狗王は天狗の面をかぶっていたのだ。

今年の春の終わり、藤の花が咲く季節には、多情丸の命を受けて専女衆の舞台を妨害しに現れた。狗王が多情丸の配下にあるのは間違いない。ならば、多情丸の手下を借りる形で、宣能の指示により狗王が動くこともあり得るだろう。もちろん、宣能がそんな真似《まね》をするとは考えたくなかったが……。

「今朝方、まだ陽《ひ》も昇らぬうちに専女衆のもとに食べ物を持っていったのも、大丈夫だろうかと心配になったからなのよ。幸い、あのひとたち自身に変わったことはなかったけれど、そこで宮さまのところの話を聞いてね。大専女の淡路どのも相当、心を痛めていたわ」

母だと名乗りにくい立場だからこそ、淡路の子を案じる気持ちは余計に強くなるのだろうと、宗孝も気の毒に思った。

「でも、幸いなことに宮さまの愛情は変わりなくて。『髪が短くなったくらいで、そなたを見捨てはしない。第一、髪などすぐにのびるではないか』とはっきりおっしゃってくださったそうよ」

「本当ですか」

「ええ。だから、災難ではあったけれど、これ以上の悪いことは宮さまや柚月どのの身には降りかからないと思うの」

「なら、よかった……」

相手の見た目が少々変わった程度で愛想を尽かす男も、珍しくはない。だが、幸いにして青鷺の宮はそこまで自分勝手な人物ではなかったようだ。

「そうだ。そういえば、弘徽殿の女御さまに専女衆の舞を披露するという話が出ていましたよね」

ふいに思い出して宗孝が言うと、

「ええ、お話はあったけれど具体的には何も進んでないの。専女衆のほうは乗り気で、演出のあれやこれやをいまも考えている最中なのだけれど、たぶん、これで流れてしまうわね。危なすぎるもの」

「ですよね。この期に及んで、女御さまに専女衆を近づけるわけにはいかないし」

「舞台の話が流れることはよくあることだし、そうなっても専女衆はあまりこだわらないはずよ。もちろん、がっかりはするでしょうけれど」

「では、この件はなかったことにしておいて……。とはいえ、女御さまに専女衆を近づけないようにしたところで……」

「やっぱり、このままでは済まないわね」

ううむとうなって宗孝は考えこんだ。いや、考えるまでもない。青鷺の宮の恋人ひとりの犠牲で女御が満足するとは、どうしても思えなかったのだ。

自分ひとりではとても手に負えない。やはり、中将さまに頼るしかない、と宗孝は思った。それに、柚月を犠牲にする必要は本当にあったのかと、できることなら問い質《ただ》してみたかった。青鷺の宮の愛情が揺るがなかったとはいえ、結果的にそうなったというだけで、柚月が見捨てられる可能性もなくはなかったのだ。

（中将さまのことだから、そうはならないと確信しておられたに違いない――）

と、宗孝は自分に言い聞かせた。そう信じたかった。宣能自身の口から、その通りだともと笑い飛ばしてもらいたかった。

「中将さまはいま、どちらに？」

「わたしがお邸に戻ってきたときにはもう出仕されていて」

「では、いまの時刻、御所にいらっしゃいますよね」

宗孝はすっと立ちあがった。

「行ってきましょう。今宵《こよい》は中将さまと夜歩きの予定が入っていて、夕刻には近衛府《このえふ》にお迎えに行かねばと思っていましたから、ちょうどいい」

迷わず言い切った彼を、九重だけでなく初草も頼もしげに見上げた。

「ご迷惑をかけてしまって申し訳ありません。このようなこと、ほかに頼る当てもなくて」

ひたすら恐縮する少女に、宗孝はことさら明るく告げた。

「いいえ。こんなわたしを頼ってくださって、ありがたく思いますよ、初草の君」

物語の読み聞かせ役、安全安心な遊び相手。それだけではないと認めてもらえたようで、実際、宗孝は喜んでもいたのだ。その感情が何に由来するものなのか、自覚はまったくなかったにもかかわらず。

「でも……、宗孝さまには公務だけでなく、お付き合いもありますのに……」

「付き合い？　ああ、最近は中将さまの夜歩きのお供ばかりで、同僚のほうから遠慮してくれていますよ」

「そういうお付き合いではなく……」

初草は言いにくそうに言葉を濁した。宗孝には彼女が何を言いよどんでいるのか、見当もつかない。

九重が突然、

「喉が渇きましたわよね、姫さま。わたくし、白湯《さゆ》を持って参りますわ」

そう言うや、あわただしく部屋を出ていった。姉の唐突な行動に、宗孝はきょとんとしている。気を利かせて場をはずしてくれたのだと、彼が気づくはずもない。

初草のほうは九重に背中を押された気分になったのだろう。頬を真っ赤にしつつも、胸の底にわだかまっていたことを、思い切って口に出す。

「宗孝さまは最近、皇太后さまの女房のもとにお通いになっていると……」

「はあっ？」

奇妙にひっくり返った自分の声を聞いて、宗孝はなおさら、うろたえてしまった。顔も、初草の頬に負けず劣らず赤くなる。

「そ、そのような話をどこで。ま、まさか、九の姉が言ったのですか」

「いいえ、違います。わたし……、わたし、見てしまったのです」

「何を見たというのですか」

今度はいったい何が飛び出してくるのだろうと、宗孝は身構えた。初草も、こうなったからにはと、肩に必要以上の力をこめて言う。

「先日、宗孝さまが絵巻の読み聞かせをしてくださったとき、文を落としていかれて……」

あっ、と宗孝は声をあげた。どこかで文を落としたのは気づいていたが、まさかここだったとは。

「申し訳ありません。女人《にょにん》に宛てた文だとわかっていたのに中を見てしまいました」

「女人に宛てた……。いや、確かにそうではありますが」

「皇太后さま付きの女房に御執心だと、噂《うわさ》に……」

「違いますよ、それは」

宗孝はこれ以上ないくらいに力強く否定した。

「いや、文を出したことに間違いはないのですが、御執心だとかではなく、ほら、以前に話しましたでしょう、双子の女房ですよ。わたしは十の姉と連絡を取りたくて、その仲介役を双子女房に頼んでいて、なかなか、かんばしい返事が返ってこなくて、それで再三、文を出していたわけで。でも、やっとこの間、十の姉と話ができて。いつもながら肝心なことは何も言ってくれませんでしたが、とりあえず連絡が取れるようになっただけでもましなのかと――そうか、この話はまだしていませんでしたね」

宣能のことを相談したくて十の姉と連絡を取ろうとしていた、と初草には言いづらい。兄の暗い側面を、妹の彼女には知ってもらいたくなかった。だから話題に出さずにいたのだが、そのせいで余計な誤解を招くとは、夢にも思っていなかった。

「まさか、初草の君にまで知られてしまうとは。ですが、完全に誤解なのですよ。なのに、『右兵衛佐《うひょうえのすけ》は双子の女房を両天秤《りょうてんびん》にかけているらしい』と、ものすごい好き者のように世間に思われているそうで、ほとほと参っております……」

「まあ、それは……お気の毒に」

「……ですよね」

双子を両天秤にかけている噂と、浮いた話のまったくない現実。その差の大きさを改めて説明すると、めまいすらしてきた。宗孝が額を押さえて大袈裟《おおげさ》なため息をつくと、初草はくすっと笑った。

「やっと笑ってくださいましたね。そのほうがずっといいですよ」

「あ、申し訳……」

再び恐縮する初草に、宗孝は急いで言った。

「いいえ、謝らないで、そのまま笑っていて欲しいのです。いついかなるときも、初草の君にはずっと笑顔でいてもらいたいと、わたしは心の底から願っていますから」

心に浮かんだ素直な気持ちを、彼はそのまま言葉にのせていた。だからこそ、初草の胸にも響いたのだろう、彼女はまたうっすらと涙ぐみ始めた。

「な、泣かないでください」

あわてる宗孝に、

「はい、泣きません」

言いながら、初草は指先で涙をぬぐって、にっこりと微笑《ほほえ》んだ。秋の雨粒を置いた、撫子《なでしこ》の花のごとくに。

彼女の笑顔に安堵《あんど》して、宗孝は退室した。その足で向かったのは御所。宣能が勤務している近衛府だ。

近衛府に駆けこむや、宗孝は応対に出た舎人《とねり》に荒い息をつきながら尋ねた。

「ちゅ、中将さまはこちらに……」

いいえ、と舎人は首を横に振った。

「では、どこに。今宵はともに夜歩きをする約束を交わしていたというのに……!」

舎人は宗孝の剣幕に驚きつつ、「右兵衛佐さまには伝言をお預かりしております」と言った。

「伝言?」

「はい。今宵の夜歩きはなしにして欲しいと。また後日、とのことでございました」

最近、宣能は公務にいそがしく、今日のように突然、予定が変わることも珍しくはなかった。しかし、状況が状況だけに宗孝は悪い予感をおぼえずにはいられない。

「それで、近衛府においでではないのなら、中将さまはいまどちらにおられるのだ」

「さあ、お邸にお戻りになられたのではないでしょうか」

だとしたら、完全に行き違いだ。宗孝は悲痛な表情を浮かべて身を翻し、いま来た道を急いで戻っていった。

尾花《おばな》の章

宗孝《むねたか》が血相を変えて近衛府《このえふ》を飛び出した頃、宣能《のぶよし》はすでに自分の邸《やしき》の門をくぐっていた。

しかし、彼は初草《はつくさ》や九重《ここのえ》に帰宅を知らせず、戻ったその足で弘徽殿《こきでん》の女御《にょうご》のもとへとまっすぐに向かった。

女御は女房たちに囲まれ、囲碁に興じているところだった。

「まあ、また女御さまの勝ちですわ」

「女御さまは本当にお強いですこと」

女主人を気持ちよくさせるため、女房たちはあえて自分たちが負けるように遊戯を進めていたのだが、そうでなくとも女御は強かった。勝つ子と書いて勝子《まさるこ》という本名だからか、連戦連勝、勘は冴《さ》え渡り、女御は上機嫌だ。

「これはこれはお楽しみのところをお邪魔いたしましたか」

そう言いながら現れた甥《おい》の宣能を、女御は満面の笑みで迎えた。

「あら、中将。いいえ、あなたを待っていたところですよ。今日はどこかへ連れて行ってくれるそうで」

「はい。秋は陽暮《ひぐ》れが早いですからね、急ぎ出かけて参りましょう。幸い、今朝方からの厚い雲も晴れてきましたので、どこよりも早い紅葉《こうよう》を女御さまにお見せするにちょうどよいかと」

「まあ、紅葉を」

いま時分の野に咲いているのは萩《はぎ》や桔梗《ききょう》など、場所によっては薄《すすき》の尾花も出始めていたが、紅葉はまだまだ先だ。女房たちはみな、怪訝《けげん》そうに互いの顔を見合わせた。けれども、宣能は自信ありげに魅惑的な低音で女御を誘う。

「秘密の場所ですので、どうか、女御さまおひとりで。ご心配なく、わたしがしっかりと女御さまをお守りいたしますから」

女房たちがますます困惑する一方で、女御は「秘密の場所」という言葉にかなり興味をひかれた様子だった。

「わくわくさせてくれること。宮中ではこうはいかない。実家《さと》帰り中だからこその楽しみね」

「では、牛車《ぎっしゃ》を寄せて参ります。しばし、お待ちを」

誰かに引き止められないうちにと、宣能は速やかに牛車と牛飼い童《わらわ》、最小限の従者を呼び寄せた。目立たぬよう、あえて地味に仕立てた牛車に女御ひとりを乗せ、女房たちには留守番役を命じる。当然、彼女たちからは不満げな顔や心配そうな顔をされたが構ってはいられない。

「さあ、参りましょう。ひと足早き紅葉狩《もみじが》りへと」

女御を乗せた牛車に宣能は騎馬で付き添い、右大臣邸を出発した。

小さな車で乗り心地もよくはないだろうに、女御はそれすらも非日常的な楽しみとして受け止め、物見の窓から外を覗《のぞ》いていた。通りですれ違う町の者たちは、興味深そうに牛車を振り返る。地味な設《しつら》えであっても、どこぞの貴族が人目を忍んで外出する牛車に間違いないと見抜いて、いったいどこのどなたであろうと想像を膨らませているのだ。

女御はわかりやすく優越感をくすぐられて、檜扇《ひおうぎ》で口もとを隠しつつ、くすくすと笑った。

「このような余興まで手配してくれるとは。本当に、いい甥を持ったものだこと」

牛車の真横に馬を寄せていた宣能は、車中のつぶやきを聞き取って、いいえと謙遜する。

「女御さまには心健やかでいていただきたい。それだけでございますよ」

町の者たちが振り返るのは、宣能のせいでもあった。直衣《のうし》に立烏帽子《たてえぼし》、あのような立派な貴公子に付き添われて、いったいどんな美女が――そんな方向に妄想を膨らませている者も少なくなかったのだ。

「われながら自信はあるのです。この紅葉狩りは女御さまにきっと喜んでいただけると」

「あなたがそう言うのなら、ただの余興でもなさそうですね」

「ええ。女御さまの憂いがまだ完全にはぬぐえていないと確信いたしましたので、いかがしたものかと、ない知恵を振りしぼって考えました」

「やはり、そうでしたか。しかし、ない知恵とは。考えずとも、下賤《げせん》の女の髪ひと束程度で、わたくしが苦しんだ長き夜すべてが帳消しになろうはずもないとわかりましょうに。それに、髪を携えてきたあの男――」

女御の口調が変じた。檜扇のむこうから投げかけてくる視線も、磨いた刃《やいば》にも似た鋭利なものとなる。

「気になりますか」

「気になるも何も。あの男が何者か、あなたは知っていて？」

「はい。昔、邸に盗みに入った楽師の息子だとか」

飄々《ひょうひょう》とした体《てい》で言われて女御は顔をしかめた。

「それを知っておりながら……」

「昔のことですから」

「では、右大臣はそのことを知っているのですか」

「さあ」

宣能は余裕で肩をすくめてみせた。

「確かめてはおりませんので。父と直接、手を結んでいるのは多情丸《たじょうまる》と名乗る男で、狗王《くおう》はその男の便利な使い走りなのですよ。このような下々の話、女御さまにお聞かせするのも心苦しい限りですが」

「なるほど……。知っていたところで、右大臣にもはやこだわりはないのかもしれませんね。ですが」

これは絶対だと強調するように、女御は檜扇をパチンと鳴らして言った。

「あの男を初草に近づかせてはなりませんよ」

「はい」

平静な顔をして了解してみせたものの、それはもはや不可能な話だった。頻度は高くないにしろ、初草はすでに狗王と面識がある。彼が裏社会の人間であることは、当然、察していよう。

そこから自然と気づいていくはずだ。父が、兄が、狗王のような存在を使役し、政敵を追い落とすなどの表沙汰にできない事柄に手を染めていると。

嫌われてしまうだろうなと想像し、宣能は苦笑した。

初草にはいつまでも無垢《むく》なままでいて欲しかった。苦しみからも哀《かな》しみからも遠ざけておきたかった。その代償として、すべての労苦を自分がかぶってもよいとさえ思っていた。昔々、優しい乳母《めのと》が命に替えて自分を守ってくれた、あの犠牲に比べればこれくらい、何ほどのことがあろうかと。

だが、土台、無理なのだ。生きている以上、まったく苦しみを知らずにいられるはずもない。仮にそうできたとしても、却《かえ》って歪《ゆが》んでしまう場合もある。

それでも、支えになる存在がそばにいれば、歪まずに強く健やかに、美しくしなやかに育ってはくれまいかと期待してしまう。自分がそうなれなかった分、余計に。さらに言うならば、支えになる存在は何も兄である必要はない。

（むしろ、もっと健全な者のほうが初草のためにも――）

秋の午後の陽射しの中、宣能が一抹の寂寥感《せきりようかん》を胸にそんなことを考えているうちに、牛車はにぎやかな通りを抜け、洛外《らくがい》の野辺の道を進んでいた。老若男女が行き交う町中とはまた違う景色に、女御もご機嫌を直して少女のような華やいだ声をあげる。

「薄の尾花がもう、あんなに。まるで狐《きつね》の尾のような」

「そうですね。この先には狐を祀《まつ》る稲荷社《いなりしや》がありますから、その霊験にあやかって、尾花もひときわ大きく花穂《かすい》をつけるのかもしれませんね」

「稲荷社……。なるほど、そういうことでしたか」

数え切れないほどの尾花がさわさわと風に揺れている。女御が言ったように、狐の尾とみまごうような花穂は、女御たちを歓迎しているのか、それともおびえて警戒しているのか、休むことなく波打って、まるで銀色の大海原だ。

「楽しみだこと」

からからと廻《まわ》る牛車の車輪の音に、女御の抑えきれないくすくす笑いが重なっていった。


御所の中の近衛府を飛び出して、右大臣邸へと到着した宗孝は、九の姉の九重から、すでに宣能が帰宅してすぐに出かけていったと聞かされ、愕然《がくぜん》とした。しかも、弘徽殿の女御を伴っていったと知って、さらなる衝撃に茫然自失《ぼうぜんじしつ》となる。

「そんな……。いったい、どこへ」

わからないのよ、と九重は首を横に振った。

「いつの間に御所から戻られたのか、わたしも全然、気づかなくて。まっすぐに女御さまのお部屋に向かわれて、そのまますぐに牛車を手配されて出かけられたそうなの。わたしはほら、更衣《こうい》さまの身内だと知られてはまずいと思って、女御さまのおそばには普段から近づかないようにしていたから、なおさら気づくのに遅れてしまって。そうでなかったら、あなたが来るまで中将さまを引き止めておいたのに、まさか、こんなところで裏目に出るなんて」

「いいえ、咎《とが》めているわけではないのです。姉上は一時期、後宮《こうきゅう》の梨壺《なしつぼ》にいましたから、用心するに越したことはありませんから」

「そうよ、九重のせいではないわ」

くやしげな九重に対し、初草も慰め役に廻った。そればかりか、

「わたしこそ、お兄さまの帰りに全然気がつかなくて……」と自分を責め始める。

「ふたりとも、やめてください。わたしが行き違いになったのが、そもそもなのですから」

三人が三人とも、もっとうまくやれていればと自分を責める。が、いまさらそんなことをしていても仕方がない。

「それで、行き先の手がかりはないのですか」

「女房たちは何も聞いてないみたいよ。でも、もしかしたら牛飼い童が知っているかも」

ならばと、宗孝はすぐに右大臣邸の車宿《くるまやどり》に向かった。女御を乗せた牛車はもちろん出払ったあとだったが、別の牛飼い童が違う牛の世話をしているところだった。

「いそがしいところをすまない」

宗孝が呼びかけると、白髪頭をひとくくりにした老齢の牛飼い童が振り返った。彼に世話されていた茶色い毛並みの牛も、つぶらな瞳で宗孝をみつめる。

牛飼い童とはいうが、この「童」は職種としての呼称であり、この仕事に携わる者の

中には、文字通りの童もいれば老人もいる。髷《まげ》を結わない、つまり童形《どうぎょう》のままであるため、童と呼ばれているに過ぎないのだ。

老齢の牛飼い童は曲がった腰をさらに曲げて、丁重に聞き返してきた。

「はい、なんでございましょうか」

「少し前に中将さまが女御さまと牛車で出かけられたそうなのだが」

「はいはい。牛車には女御さまが、中将さまは馬に乗って、ともにお出かけされましたよ」

「行き先について、何か言っておられなかったか？」

「中将さまは何も。ただ、わたしめの孫が牛を牽《ひ》いていきまして、それが申すには、秘密の場所に紅葉狩りに行くのだとかなんとか……」

「紅葉狩り？　もう？」

少なくとも、都の近郊では紅葉はまだ始まっていないはず。同じことを老齢の牛飼い童も感じていたらしく、

「奇妙な話ではありますが、何かの譬《たと》えなのかなとも思いましたし、わたしらが口を挟むようなことでもありませんので。なんでも、稲荷社の近くなのだそうで」

「稲荷社……！」

稲荷社の裏山の古い御堂は専女《とうめ》衆の根城だ。その近くに弘徽殿の女御をわざわざ連れ

て行くとは、正気の沙汰とも思えない。

中将さまにはきっと深いお考えがあって——と、宗孝は心の中で宣能の擁護を開始した。が、それも青鷺の宮の女房が遭った憂き目を思えば虚《むな》しい。何をするつもりか皆目見当もつかないが、このままにしておけないのは確実だった。

「牛、いや、馬を借りてもいいだろうか」

「それは……、わたしめの一存では」

「頼む」

頭を下げられ、老齢の牛飼い童が当惑しているところへ、

「わたしが許します。手配してさしあげて」

背後からの初草の声に、宗孝は驚いて振り返った。

衣の裾が土で汚れるのも厭《いと》わずに、初草が宗孝に駆け寄ってくる。その後ろから、

「姫さま、姫さま」と連呼しながら九重が息《せ》せき切って続く。

早くしてと初草に急かされ、牛飼い童は目を丸くしつつ、すぐ隣の厩《うまや》へと飛んでいって一頭の馬を牽いてきた。

「こ、こちらでよろしければ」

「相済まない。恩に着る」

素早く馬にまたがった宗孝に、初草が両手をのばした。

「わたしも――」

その先は言葉にならない。けれども、少女の必死なまなざしが何より雄弁に気持ちを伝えてくる。われ知らず、宗孝は彼女に手をさしのべていた。声にはならなかったものの、唇が無自覚に動いていた。来ますか、と。

初草は一瞬だけ目を大きく見開き、次いで嬉《うれ》しそうに宗孝の手を取った。その小さな手を握り返して、宗孝は初草を馬上へと引きあげる。

牛飼い童と九重が、ええっと驚きの声をあげた。馬上から初草はすかさず彼らをたしなめた。

「お兄さまを追っていくだけですから、騒がないで」

「そんな、しかし」

牛飼い童はあわてふためいたが、九重はすぐに冷静さを取り戻し、逆に声援を送ってくれた。

「お気をつけて、姫さま。宗孝、絶対に姫さまにお怪我《けが》をさせては駄目よ」

「言われずともわかっておりますよ、九の姉上」

牛飼い童が悲痛な声をあげて白髪頭を掻《か》きむしった。

「なんてことだ。右大臣さまに知れたら、わしはいったいどうなるか」

動揺する牛飼い童に、九重がぴしゃりと言う。

「知らせなければよいのよ。大丈夫よ、姫さまはご無事で戻ってこられるわ。わたしの弟がついているのだもの」

まさか九の姉に太鼓判を押されるとは予想だにしておらず、宗孝は目を丸くした。

「でしょう、宗孝？」

「はい……、はい、姉上」

しがみついてくる初草の腕に、ぎゅっと力がこもった。この少女をどんなことをしても守りつつ、そして中将さまに追いついて、なんとか事を収める。なかなかの重責だぞと頭の片隅で思いながらも、宗孝には引く気もなかった。

「いってまいります」

馬首をめぐらせ、宗孝は馬を急ぎ走らせた。初草は目をつぶり、両手をしっかりと宗孝の首に巻きつけている。

これといった邪魔も入らず、宗孝は邸の外へと馬を進めることができた。通りでは、何事かと振り返る者はいても余計な手出しはしてこない。しばらく行ってから、

「もう大丈夫ですよ、初草の君。危ないですから、前を向いてすわり直しましょうか」

その体勢では腕がつらかろうと気遣ってささやくと、初草はほんの小さくうなずいて、そろそろと抱擁を解き、前へと向き直った。恥ずかしかったのだろう、小さな貝殻のような耳は両方とも真っ赤だ。

「急ぎますが、疲れたらすぐに言ってください」

「いいえ、わたしは大丈夫ですから。それよりもどうか……、どうか、お兄さまを止めてください。まさかとは思いたいのですが、お兄さまは……ひとたび心を決めると、どんなおそろしいことでもしてしまいそうで……」

青鷺の宮の恋人の件が頭をよぎったのだろう、初草の声が、肩が激しく震えた。

「もっとひどいことも、してしまいそうで」

前を向いた初草の表情は宗孝の視界に入っていなかったが、その瞳が絶望に暗く染まっているのが彼には見えるようだった。

「そんなことは絶対にしてもらいたくないのです。お願いです。お兄さまを止めてください。わたしにはできなかった。でも、宗孝さまなら――」

「はい。必ずや」

迷わず約束した。が、実のところ、宗孝にはなんの手立ても浮かんでいなかった。

宣能に追いついて、問い詰めて、それで事態がどう変わるのか。変わらないかもしれない。いつぞや八重藤の庭で「多情丸への報復など、もうお考えにならないでください」と懇願したときのように、気まずい空気になるだけのような気もする。下手《へた》をすれば、そんなにうるさく言うのならと見限られてしまうやもしれない。

それでも、何もしないという選択肢だけはなかった。

宣能が何を考えているにせよ、あなたのことを、わたしも初草の君もこんなにも案じているのですよと伝えなくてはならない。それでも、宣能に思いとどまってもらえないのなら、そのときは――

（そんなときはどうしたらいいのだろう）

迷いを抱えたまま、宗孝は稲荷社を目指して馬を走らせた。

町中を抜けて、いつしか周囲は尾花が揺れる野辺の景色へと変わる。風になびく尾花は、急げ急げと宗孝を急き立てているようだった。

野辺の道から、ゆるやかな坂道へと進み、弘徽殿の女御を乗せた牛車は稲荷社の裏山へと入っていった。

紅葉には、やはりまだ早い。もちろん落葉も始まってはおらず、木々は葉を厚く生い茂らせている。さてさて紅葉はどこにと、女御は物見の窓からきょろきょろと視線をめぐらせる。まさか、ここまで来ておいて何もないということはあるまいが……。

と、牛車の真横に馬をつけて並走していた宣能が、牛飼い童に指示を出した。

「ああ、その先の道の端に車を停《と》めておくれ」

牛飼い童は命じられた通りの場所に、牛車を停めた。そこは雑木林に囲まれた道の途中で、あたりにはこれといって何もない。訝《いぶか》しむ女御に宣能が言った。

「前面の御簾《みす》を上げたほうが見やすいでしょう。よろしいですか、女御さま」

他に人影はなく、拒む理由もない。構わぬと告げると、すぐに従者が進み出て、前面の御簾を巻きあげた。

牛車の前方、ゆるく曲がった道の先は大きくひらけて、そこに一宇の御堂が建っているのが見て取れた。お世辞にも立派とは言いがたい、遠目にも傷みの激しさがわかる古くさい建物だ。

「あれは？」

淡々と宣能が言った。

「専女衆なる巫女《みこ》集団は、あの御堂を根城にしておりまする」

専女衆と聞いただけで、女御はぶるっと肩を震わせた。怒りは胸に鮮明に甦《よみがえ》り、自然と眉間に皺《しわ》が刻まれる。

彼女のわかりやすい反応をしっかりと確認してから、宣能は説明を続けた。

「そして、これが女御さまにぜひともお見せしたかった紅葉でございます」

彼が片手を大きく上げる。それが合図だったかのように、白い煙が貧相な御堂の裏手から立ちのぼった。

見る見るうちに煙は勢いを増していく。やがて、煙ばかりではなく、蔀戸《しとみど》の隙間から、茅葺《かやぶ》き屋根の軒の下から、焔《ほのお》が飢えた獣のように赤い舌をちろちろと覗かせた。あるいはそれは、もみじ葉が端から赤く色づくさまを一気に見せられているようでもあった。

「火が……！」

女御ばかりでなく、牛飼い童や付き従ってきた従者たちも息を呑《の》む。

山中の小さな御堂は、あっという間に煙と焔に包みこまれた。数日前に大雨が降ったものの、それ以降はずっと曇りか晴天の日ばかりで、古びた茅葺きの屋根や薄い木戸は充分に乾燥していた。そこに火がついたのだから、ひとたまりもない。

牛飼い童と従者たちは青くなっていた。

「火、火を、早く消さなくては」

従者のひとりが御堂にむかって走ろうとするのを、

「手出しはするな」

と、宣能が鋭く制止する。彼の気迫に鞭打《むちう》たれたかのように、従者はぎょっとして動きを止めた。他の者たちも完全にすくみあがっている。

その間にも白煙は盛んにあがり、ついには黒い煙へと変じた。もとからひびの入っていた簀子縁《すのこえん》の床板が、ぴしりと鋭い音をたてて砕け散った。風に煽《あお》られて舞いあがった無数の火の粉は、まるで金梨地《きんなしじ》の蒔絵《まきえ》に散らした金粉のようだ。火を消さなくてはと叫んだ従者も、気力を完全に失って、地面にへたりこんでいる。

燃え盛る焰をみつめる女御の目は、愉悦に光り輝いていた。

「あの火の中に、あの煙の中に専女衆が？」

「ええ。出てこないところを見ると、きっと煙に巻かれて中で累々と倒れ伏しておりましょう。濃い煙は、たちまちひとを死に至らしめると聞きますから」

おそろしいことを宣能はさらりと言う。女御は総身に粟《あわ》を生じさせたが、それは必ずしも恐怖や嫌悪のゆえではなかった。

自分をあざ笑った下賤の女たちが、煙に巻かれて倒れ、火に焼かれていく。これこそ愚かさの報い、自分は正しい側だったのだという揺るぎない証《あか》し。それ以外にあり得ようかとの独善的な確信に、女御は身震いしたのだ。

さらに女御は、ああと嘆息した。

「なんと美しい焰だこと……」

そう吐息混じりに洩《も》らしたきり、あとはひたすら、燃える堂宇を凝視する。残酷なまでの美と非日常とに酔い痴《し》れる。

屋根が轟音《ごうおん》とともに崩れ落ちた。黒煙がひときわ高く立ちのぼり、秋の空を怪しく毒々しく染める。そこが頂点だった。ひらけた場所に建つ堂宇だからこそ、ほかへの類焼は発生せず、火は急速に小さくなっていく。

女御は空腹を満たした虎のように目を細めた。

「――どこよりも早い紅葉狩り、堪能《たんのう》しましたよ」

広げた檜扇の後ろで何度もうなずく。その仕草も、満ち足りて毛繕いを始めた雌虎を連想させた。

宣能はうやうやしく頭を下げた。

「よろしゅうございました。では、ひと足先にお戻りください。わたしは念のため、あとの始末をしてまいりますれば。――おまえたち」

やわらかな口調から一転、冷酷非情なそれに変えて、宣能は従者たちに命じた。

「女御さまのお戻りは来たときと違う道を。ここにわれらが立ち入ったことは誰にも気《け》取《ど》られるな。わかったな。もしも不首尾が生じたなら、おまえたちもどうなるか……」

わざと曖昧にされた語尾に、従者たちは真っ青になって、がくがくと震えた。逆に女御はころころとほがらかに笑う。

「頼もしいこと。賢くて用心深くて非情にもなれて、あの兄上によく似ている」

褒め言葉とわかっていても、宣能の胸にこみあげてきたのは強烈な苦々しさだった。

しかし、彼はそんな気配はおくびにも出さなかった。

尾花の野を抜けて、宗孝と初草を乗せた馬は稲荷社裏山の坂道を走っていた。馬はもう、だいぶ息を切らしている。

「がんばってくれ、もう少しだから」

励ましの言葉をかけてすぐに、初草が前方を指差した。

「宗孝さま、あれを」

異様に黒い煙が木々のむこうから立ちのぼっている。風向きが変わったのか、焦げ臭いにおいが鼻を刺激する。

くねった道を大きく曲がると、視界に突然、専女衆の根城である御堂が見えてきた。ただし、見慣れた御堂とは違う。いつ倒壊してもおかしくないような古い堂宇だったが、いま、実際に屋根は焼け落ち、真っ黒に焦げた柱をさらして、いっそう悲惨な姿に変わり果てている。

「中将さま！」

広場の入り口には一頭の馬が繋《つな》がれて、傍らに直衣姿の宣能が立っていた。

宗孝の呼びかけに、宣能はゆらりと振り返った。

「右兵衛佐《うひょうえのすけ》か」

無感動な低音のつぶやき。表情もどこか気だるげで、怪異を求めて夜歩きをするときの宣能とはまるで違う。別人——いや、別人は別人でも父親の右大臣のようだ。

宗孝が下馬して駆け寄ると、宣能は頭を揺らしてつぶやいた。

「よかったな」

「何がよかったのですか」

「女御さまと鉢合わせにならなくて。叔母上《おばうえ》はついさっき、別の道を通って戻っていかれたぞ。わたしが手配した紅葉狩りを存分に楽しんでもらえたようだった」

御堂を焦がした火はすでに消えかかっていたが、頂点はそれこそ、紅葉の山を思わせる光景であったろう。

遅れて下馬した初草は、兄に近づくこともできず、目にいっぱいの涙をためて馬に身を寄せている。そうでなければ地面にしゃがみこんでいたはずだ。妹が苦しんでいることは一目瞭然なのに、宣能は動じもしない。

「専女衆に意趣返しができて、女御さまはようやく溜飲《りゅういん》を下げてくださった」

「中将さま、あなたはそのために……。青鷺の宮さまの女房に降りかかった災難も、もしや」

「あ?」

誰のことを言われたのか、一瞬、わからないふうだった。宣能にとっては、宮の女房などその程度の存在だったのだろう。が、彼はすぐに理解して浅くうなずいた。

「あちらはあれくらいで済んでよかったな」

宗孝は目の前が真っ暗になったかのような気分に見舞われた。あの陽気な老婆たちの姿が一切見えないことも、彼をさらに絶望させた。最悪の想像しか、もはやできない。

「なんてことを……！」

血を吐くように叫んで、宗孝は宣能につかみかかった。避《よ》けようと思えばできたはずなのに、宣能はなんの抵抗もせずに地面に倒れこむ。

初草が両手で顔を覆った。宣能に馬乗りになった宗孝は、拳を高く振りあげた。が、下ろせない。堅く握りしめた拳は細かく震えるばかりだ。宣能は魂をどこかに忘れてきたかのような空虚な表情で宗孝を見上げている。むしろ、制裁を受けるのをじっと待っているかのようだ。

ここで宣能を殴ったところで、焼け死んだ専女衆は戻ってこない。それでも、こんな残忍な行動に出た宣能を――いや、彼を止めたかったのに止められなかった自分自身を許せない。

身が引き裂かれそうな苦痛を感じて、宗孝が吼《ほ》えたそのとき、

「お待ちください！」

突然、制止の声がかかった。

同時にがさがさと近くの茂みが揺れて、白髪頭の老婆がそこから顔を出した。専女衆を統《す》べる大専女の淡路だ。

彼女に続けて、ひょこん、ひょこんと似たような白髪頭が現れる。専女衆の面々だ。

引退した先代の大専女の伊賀《いが》も顔を出し、宗孝に向けて盛んに手を振る。

宗孝は、えっと声をあげたきり固まった。初草も両手を下ろして目を丸くしている。

「これは……」

どういうことなのですかと問う前に、専女衆に続いて、萎烏帽子《なええぼし》をかぶった面長の男と丸顔の男が現れる。宗孝は顎《あご》がはずれそうなくらい大口をあけた。

「おまえたちは！」

狗王の手下の男たちだ。

理解が追いつかずにいる宗孝を押しのけて、宣能が立ちあがった。直衣についた土ぼこりを払って、歪んでいた烏帽子も整える。表情からは空虚さが消えて、むっつりと怒っているようでもある。

「火をつけたのはこのふたりだが、その前に専女衆を隠しておくようにとも指示は出しておいた」

むっつりのままで宣能が言い、面長と丸顔がそろってうなずく。

「かなり荒っぽい手だったが、女御さまを納得させるにはこれくらい派手にやらないと難しかったのだ。淡路どのの娘御には申し訳なかったが……」

淡路は静かに首を横に振った。

「一日経《た》って、娘もだいぶ落ち着いたようです。宮さまのご寵愛《ちょうあい》が変わらぬとわかって安堵《あんど》したのでございましょう」

それは宗孝も聞いてはいたが、理解がまだまだ追いつかない。

「でも、九の姉上はなんにも……」

淡路は宗孝に視線を移して優しく告げた。

「九の君と入れ違いに、面長どのと丸顔どのがわたしどものもとへ来たのですよ」

それが呼び名として定着しているのだろう、面長と丸顔は神妙な表情でうなずいた。

「専女衆をとにかく隠せと、じっと身をひそめさせて、けっして声をたてさせるなと中将さまに命じられておりました」

「でなければ、専女衆の命はないのだと」

ふたりの説明に専女衆もこくこくと首を縦に振る。普段はにぎやかな彼女たちも、自らの命がかかっているとなれば、おとなしくせざるを得まい。むしろ、よくぞ我慢したと褒めてやりたいほどだ。

ひと足早い紅葉狩りは、専女衆を守りつつ女御の怒りを鎮めるための演出。そうと知った宗孝は、四肢から力が抜けていくのを感じた。そのまま気を失いかねないほどだったが、突如、ハッとしてその場に平伏《へいふく》する。

「申し訳ございませんでした！」

近衛中将たる宣能に飛びかかり、押し倒し、拳で殴ろうとした。殴るまでには至らなかったとはいえ、いまさら、この一連の行動を帳消しにはできない。

どのような責めも受けよう。それこそ、今度こそ見限られても否やは言えない。宗孝はそう腹をくくり、非難されるのをじっと待った。初草や専女衆、面長と丸顔でさえ、固唾《かたず》を呑んで宗孝と宣能を見守る。

「――いいや、謝ることはないとも」

地面につくばって処罰を待つ宗孝の肩に、宣能はそっと手を置いた。

「大事な者を守るためならば、いつもは優しい右兵衛佐も本気で怒ってくれる。その確信を得ただけでもよかった」

宗孝の耳朶《じだ》を打ったのは、温かみのある低音だった。おそるおそる顔を上げると、宣能は優しく微笑《ほほえ》んでさえいた。よかったと、嘘《うそ》でもなんでもなく、心から思ってくれている表情だ。

勝手に思いこんで大事な妹姫を邸から連れ出すわ、いきなり飛びかかって殴ろうとするわ、それでも「よかった」と言える宣能の真意をまるで理解できなかったけれども。

胸にこみあげてくるものを感じ、宗孝は言うべき言葉を失った。ただ、宣能の整った顔だけをみつめていた。

初草が安堵のためだろう、すすり泣き始める。彼女のまわりに向かった数人の専女衆は、さて、この姫さまをどう慰めるべきかとおろおろしている。

「しかし、ねぐらを焼かれて、わしらはこれからどうしたら……」

そんなつぶやきも専女衆の間から聞こえてきた。ホッとした途端に先の不安が見えてきたのだろう。が、宣能はそのための手立てもすでに用意していた。

「悪いがこの場所はもうあきらめて、専女衆にはすぐに都を離れてもらう。須磨《すま》の先にわが家の荘園がある。そこでしばし、おとなしく暮らしてはもらえまいか」

予想もしていなかった提案に、専女衆は驚いて互いの顔を見合わせた。

「まあ、須磨に」

「あの須磨に？」

「まるで『源氏物語』だねえ」

須磨という地名で『源氏物語』の主人公・光源氏《ひかるげんじ》が須磨に下った話を連想し、専女衆はきゃっきゃとはしゃぎ始めた。都落ちの悲惨な空気は一切、そこにない。彼女たちならば、慣れぬ土地でも仲間同士で支え合い、元気に暮らしていけるだろう。

なんてたくましい婆《ばば》さまたちだろうと、宗孝は彼女たちの強健さに感じ入った。生きていてくれて本当に本当によかったと、思わずにはいられない。

似たようなことを思ったのか、淡路がうっすらと涙ぐみながら、焼けてしまった御堂に向けて手を合わせた。

「ありがたいこと。これも、日頃からわたしたちをお守りくださる仏さまのお導きかしらね……」

大専女に倣って、他の専女衆も御堂の残骸に向けて手を合わせる。古ぼけた堂宇も、彼女たちにとっては白銀《しろがね》の御殿も同然の拠《よ》り所であったのだ。焼け落ちて無惨な姿をさらしていても、その記憶だけは何人《なんぴと》にも変えようがなかった。


もうすぐ陽が沈む。

薄暮が迫りつつある中、名残の陽光を浴びていた竜胆《りんどう》が乱暴に踏み倒された。紫の花はさらに遠慮なく踏みつぶされる。

ぐしゃぐしゃになった花は文句もつけられない。踏んだ多情丸も、足下《そっか》の花など気にかけてもいなかった。

「そうだ、ここだ。ずいぶんと様変わりしているが、ここに間違いない。先代のお頭《かしら》、黒龍王《こくりゅうおう》の邸だとも」

もう長いこと、誰も住んでいない荒れた邸に荒れた庭。そんな周囲をぐるりと見廻し、「ずいぶんと荒れている」と満足そうに彼は言った。往時の豊かさといまの零落ぶりとを比べて、悪趣味な喜びを堪能しているのは疑いようもない。

多情丸の気まぐれに同行した狗王は、「ですね」と短くつぶやいたのみだった。彼にとってもこの邸は懐かしい場所だったが、現状をみつめるまなざしは冷静だ。

「これは黒龍藤か。花の時期でないと、葉がわしゃわしゃと茂っているだけで何が何やらわからんな」

藤の木の下で情緒の欠片《かけら》もないことを言って、多情丸はせせら笑った。

藤はもちろん、花の咲き頃を迎えている竜胆のゆかしさも、この男の眼中にはない。草花を愛《め》でる気持ちなど、彼は一切持ち合わせておらず、それをおかしいとも感じていなかった。もとからがそうだったのか、欲に溺れた年月を長く送っているうちに自然とそうなったのか、狗王には知りようもない。

——先代の頭は違っていた。花を愛で、その世話に励み、また、妻が遺《のこ》していったひとり娘を大切に育て、その娘が産んだ孫をことのほか、かわいがっていた。裏の社会に精通してはいたが、無意味な殺しなどには手を染めなかった。

生ぬるいと反発する仲間もいたが、黒龍王は彼らを上手にいなしていった。歳《とし》を重ねて病に倒れさえしなければ、いまも現役で頭を務めていただろう。黒龍王の過ちは、死す直前に多情丸を後継者に指名したことぐらいだ。

当時でさえ、解せぬ、お頭は病でおかしくなられたのではとささやかれていた。が、決まったあとでそれを言っても詮無い。

頭目が変わり、反対派は順々に粛清されて、いまは多情丸に忠誠を誓った者しか生き残っていない。狗王もそのひとりだ。

黒龍王にずっとかわいがられていたのに、なんという恩知らずかと非難されても、彼はどこ吹く風だった。「先代が決められた頭目に従うことの、どこが恩知らずか」と言ってはばからなかった。結果、生き延びているのだから、その選択は正しかったのだろう。

狗王がそんなことを思い返している間に、多情丸は多情丸で彼なりの記憶を回想していた。

「そうだ。この邸に、まだ権大納言《ごんだいなごん》になる前のさえないやつが通っておったのだわ。娘には貴族の男とめあわせて、真っ当な暮らしをさせたいとでも考えていたようだな、先代は。そして生まれたのが十郎太《じゅうろうた》──」

自身の言葉に納得するようにうんうんとうなずき、多情丸はぴんとひと差し指を立てた。

「つまり、十郎太には右兵衛佐という弟がいる。そればかりか十一人も異母姉妹がいる。さぁて、どこをどう突ついたら十郎太は動き出すかな？」

長年行き詰まっていた問題の解決が近い。しかも、手段は選び放題ときている。どうしてくれようかと考えるだけで楽しくてたまらないのだ。

多情丸はついに、のけぞって高笑いを始めた。

慣れている狗王は表情すら変えない。清楚《せいそ》な竜胆の花たちは、多情丸の凶悪さを感じ取ったかのように細かく震える。

花の終わった藤の木も危険な予兆を孕《はら》んで、ざわざわと葉を揺らした。だが、その警告に耳を貸すべき者はこの邸にはもういなかった。

本文デザイン／百足屋ユウコ＋ほりこしあおい
（ムシカゴグラフィクス）

この作品は、集英社文庫のために書き下ろされました。

集英社文庫

ばけもの好《この》む中将《ちゅうじょう》 十一《じゅういち》 秋草尽《あきくさづ》くし

2022年3月25日　第1刷　定価はカバーに表示してあります。

著　者　瀬川貴次《せがわたかつぐ》
発行者　徳永　真
発行所　株式会社　集英社
東京都千代田区一ツ橋2-5-10　〒101-8050
電話　【編集部】03-3230-6095
【読者係】03-3230-6080
【販売部】03-3230-6393(書店専用)
印　刷　株式会社広済堂ネクスト
製　本　株式会社広済堂ネクスト

フォーマットデザイン　アリヤマデザインストア　マークデザイン　居山浩二

ISBN978-4-08-744366-0 C0193